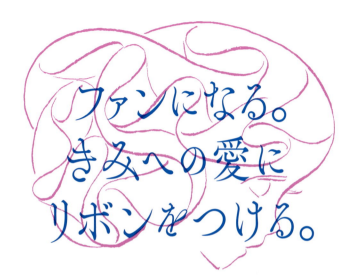

ファンになる。きみへの愛にリボンをつける。

最果タヒ
Tahi Saihate

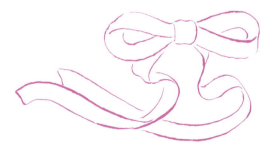

中央公論新社

目次

ファンになる。きみへの愛にリボンをつける。

はじめに

好きなものができると、人生は豊かになる、幸福になると言われるとき、私は少しだけ苦しくなる。好きであればあるほど、私はたまにとても悲しくなり、つらくなり、そしてそのたびに私はその「好き」が、自分のためだけにある気がして、誰かのための気持ちとして完成していない気がして、いたたまれなくなる。好きな存在にとって少しでも、光としてある気持ちであってほしいのに、私は、どうして悲しくなるんだろう？

私は、宝塚が好きです。舞台に立つ人たちが好き。その好きという気持ちが、彼女たちに応援として届けばいいなと思っている。そして、同時に無数のスパンコールが見せてくれる夢の中ででも、悩むことはある、不安もある、そのことを最近はおかしいと思わなくなりました。未来に向かっていく人の、未来の不確かさをその人と共に私は見つめたい。だから、そこにある不安は、痛みは、それそのものが未来を見ることだって今は思います。好きだからこそある痛みを、好きの未熟さじゃなくて鮮やかさとして書いてみたい。そうしてそれをできるなら、丸ごと愛したいです。私は私の「好き」を、丸ごと大切にしたいんです。

その人への愛そのものにリボンをつけて差し出すことが、ファンになるということだと思います。

このエッセイはそう思うまでの私の、２年間の記録です。

千秋楽が来てしまう

これを書いている今日は、大好きな舞台の千秋楽です。
無事に幕が上がるようでほっとしています。

終わりが無事に迎えられるのは、公演が行われることが当たり前ではない今では、本当に良かったこと、でありながら、でも終わってほしくないとものすごく思ってしまう。私はこの公演が好きだし、できることなら毎日見たかったし、それが叶わなくても幕が上がっていることだけでも知ることができたらそれで幸せだった。同じ舞台を何度も見に行くことについては、舞台は生きてるからとか、常に変わっていくから、とか、一度では見きれないものが多すぎるから、とかいろいろ説明のしようはあるのだけど、でも本当は、好きだから、の一点だけだ。何回見に行っても同じところを結局見ているし、前回との違いを見つけて喜ぶこともあるけど、別に違ってほしいわけではない。何度も見ないとわからないものだから何度も見に行っているのではなくて、好きな公演だから自分の中で終わらせたくないだけなんだと思う。

忘れたくないし、過去になるのが嫌。舞台はいつだって見ているときが最高で、終わってしまうとどんなに衝撃を受けても、見ていたそのときの鮮烈さのすべては思い出せなくなる。忘れるなんてありえない、きっと大切なことは覚えているって思うけど、思い出すこととそのときの感覚は違うってわかるから。忘れたくないというより、ただ、時間を止めたい。好きな人のその姿を鮮明に自分の中に存在させておきたい。好きと思ったその瞬間のままでいたい。だから、アップデートし続けるみたいに何度も見に行く。見ている最高の時間を永遠にしたいだけだ。

千秋楽なんて来てほしくない。私は、私の好きが過去になっていくことに向き合わなくてはならないから。ここまで好きなら忘れない、とは思う、ブルーレイで見れば一瞬で蘇るんだし。でもだんだんブルーレイで見ている映像にすべての記憶がすり替わっていく気もする。そうでないと言い切る自信がない。私だけが見た、私の席からしか見えないあの日の公演。どんなに思い出せてもあのときに見たものそのままには決してならない。好きだからこそ、好きだったあの瞬間そのものが自分の「記憶」ですべて再生できるなんて思えない。あの日のあの瞬間のあなたが最高だったと思う限り、すべてを今も思い出せるなんて絶対に言いたくない。

その舞台があるから幸せですとか、毎日元気になれます、とか言えたらいいのだけど、どちらかと言うとそれがなければ平静が保てない、みたいな感覚の方がしっくりきてしまう。本当にそれが「平静」なのかはもはや誰にもわからないけど、とにかくそうしたギリギリのところに今自分はいる、という感覚が強くて、好きなものを見つけて人生を幸せに！　みたいなメッセージを見かけると嘘でしょ⁉　と思ってしまうのだった。趣味なんてくだらないと言う人にはそりゃもちろん私もNOを言いたいが、自分を自分で幸せにできるから好きなものは素晴らしい、みたいな話は共感しすぎると、自分のギリギリの気持ちがバランスを崩したときに、まるで「好き」が未熟だったように感じて余計に落ち込む気もしてしまう。

私だって幸せではある。楽しいし、でも好きだからこそ繰り返し見ようとするときの執着心は厄介なものでもあって、一度どこかで躓《つまず》いたら、とんでもない大怪我を心に負いそうだ、と思いながら日々猛ダッシュを繰り返している感覚がある。そんな話を舞台に出る人たちには絶対知られたくないので大抵ファンレターとかには書かずにおいてしまいがちだけど、私は本当はそういうの悪いことだとは思わないし、ネガティブなことは一つも言ってないと思うのです。躓いて大怪我を負うとわかっていても、それを避けたい、避けて、幸せになるために大好きでいることをやめたい、なんて思わない。私は、そんなに元気を必要としていない、幸せになりたいとふんわりは思うけど、幸せ100％になるために何かの選択をしたりそのためだけに何かを捨てたりなんて絶対嫌だ。そこまで辛さや苦しさを完全にゼロにして漂白したような人生を生きたいとは思っていない。案外幸せより選びたいものってあるんだということを知っている。私は、見たい公演を見たい。見たい公演は見たいから「見たい公演」なのであって、その公演が自分を元気にするかとか幸せにするかとかにはあまり興味がない。幸せになれなくても見たいし、元気になれなくても見たい。好き以外になんにもなく、好きは、幸せなど連れてこなくても十分に特別だ。

好きな公演を見ているとき、幸福ではあるけど、それはただ好きだからというだけでなく、好きだからこそ生まれた欲求が満たされているからだと思う。見たいと思って、そしてその夢が叶ったから幸せなのだ。好きは、夢や欲が増すことで、好きと思うだけで何かが満たされるわけではない、好きなものができる前だって私は何かが足りなくてずっと何かが満たされなくて不安で恐ろしかったし、そしてそうした飢餓感《きがかん》というか、どうしようもない「足りなさ」は今も大して変わっていないと感じる。それでも、その「足りなさ」に理由がもらえた。自分が何を欲しているかが明確にわかるようになって、自分のわけのわからない不安や孤独に答えが出た気がした。そしてそれは全てが満たされることより、ずっと私に安心をくれる。

他の人がどれほど、理由もなくさみしくなったり不安になったりするのかは私にはわからないけれど、私は急に、自分のこれまでやこれからがすべて間違っているような不安に駆られたり、自分のすべてを信じられなくなりそうな瞬間があったりして、そのたびに「理由がないこと」に一番に怯えていた。人生には答えがなくて、物語みたいにそれぞれの出来事に伏線や完結があるわけではなく、いつまでも終わらないし区切りもつかないから正しかったかどうかなんて永遠にわからないままにされる。自分の考えのすべてが自分にわかるかも怪しく、どうしてそんなことをしたんだろうと自分自身に思うこともある。でも、それなのに自分の人生からは逃れられないのだ。そうした大きくなりすぎて、全貌も見えなくなった自分と自分の人生への不安にたまに呑《の》まれてしまうのだろう。第三者が言う「答え」に惑わされそうになったり、未来の自分が今の自分に下す結論に（未来の私だって正しいわけじゃないのに）ずっと怯えたりもした。そういう中で、その不安のすべての答えになるわけではないが、それでも、辛さや悲しさに理由をくれる「好き」は私にとっては安心だった。

私はこれがしたかった、私はこれを夢見ていた、そうはっきりわかるだけでそれらが叶わなくても、私は安心して不安でいられる。たぶんそれ以外のこともいっぱい不安でどうなるのかわからないことってたくさんあるんだろうけど、それでもまっすぐに見据えられるものが一つあるだけでなんとでもなる気がした。私は私の判断で私のわからなさに向き合っていい、と自信をもって思えるようになる。あの不安が生きづらさなら、やっと私は私の生きづらさを、自分だけのものにした。

公演を見て、元気がない日も生きているのだと思えるようになりました。苦しいときに、どうして苦しいのに生きているのだろう、とは思わなくなりました。生きたいから生きているのだということが揺らぐことのない事実になりました。正体不明な苦しさにすべての判断を奪われることがない。不安でも、辛くても、それで自分の人生そのものを疑うことがなくなった。少しも明るくないように思えて、光を当てて影が濃くなるのとは真逆《まぎゃく》の、穏やかな満ちる光によって、影そのものが部屋から薄れて消えるような感覚です。「好き」は、すべてを満たして消し飛ばすわけではないけど、私の人生を私だけのものにしてくれる、取り返してくれる。だから私は「好き」が好き。そしてそれをそのまま、書くことができたらいいなと思った。明るくて楽しくて、最高な気持ち！　だけじゃないことのほうが私には重要で、だから特別だと書けたらいいなと思った。千秋楽が来るのは嫌。繰り返し見るのは、見たら消えてしまうことが本当に苦しくて、だから必死で追いかけ続けているというだけ。そこには痛みも苦しみもちゃんとあって、でも、私はそのことを何より大事に思っている。私は、元気なんかより「私だけの人生」が欲しかったんだなー！　私は非常に心の根っこが明るい人間なのですが、書くとこんなことになるのはどうしてなんでしょう。怖いですね。わけもわからず悲しい日より、好きな公演が終わってしまって悲しい日が私の人生にちりばめられて本当に嬉しい！

　千秋楽を迎えたその日に書き始めたらこんな文章になってしまいました。私はしばらく落ち込んで、たぶん体調も崩すはず。でも、その調子の悪さをできる限り静かに胸の奥にためて、沈めて、いつか振り返るために美しい地層を作りたいなと思っている。私は、私の「好きな人たち」

がとても好きで、その人たちを好きだと思える人生が好きだから。だからその中の「幸福な記憶」だけトリミングするなんてほんともったいないと思うんです。

（二〇二三年七月二十三日）

（今思うこと）

千秋楽はいつになっても慣れなくて、千秋楽に向けて「悔いがないように」と発揮する行動力がどんどん極端になっていく。にしても千秋楽が終わってしばらく経《た》ってからの方が、当時の楽しさや幸せはより鮮明にわかるような気もして、それが余計に切なさになる。その時はたくさんの幸せを受け取って、それに喜んでいる私、という感じだったけど、そうやって幸せに対して全力でいる自分こそ、今思えば私にとってとても好きな「自分」だった。自分の当時の表情や行動もまた時間が経つと好きになり、その記憶がさらに大切なものになっていく。私をそこまできらきらさせてくれたその人のことが本当に大好きだなぁって思えたりする。

舞台の中止と私

「仕事で宇多田さんの「光」の歌詞を見ていたら「今時約束なんて不安にさせるだけかな　願いを口にしたいだけさ」という言葉があって、コロナで舞台が度々中止になりチケットが消えていくことと重ねてしまった。公演ができるかどうか不安定な今だけど、チケットは一つ一つが「願い」なんだと思います。」

楽しみにしていた公演の中止が決まったときに書いたツイートだった。

公演が中止になるとショックだしとにかく舞台に立っている人たちが心配になる。自分は趣味として見に行くだけだから、残念だ、悲しい……という気持ちだけれど、出演者の方の、自分の出ている舞台が止まることや止まるかもしれない状況で公演しつづける苦しさについては私には想像することすら難しい。それでも笑顔でいてくれて、すごいなぁと映像や舞台を見て思いながら、そんなふうに強くあることを求めているつもりはなかった、とも思うし、こうやっていろんなことを察しようとしてしまう私は、ただ自分が不安なだけかもしれないなぁ……と急に落ち込んだりもする。舞台に立っている姿を生で見ているからこそ、なんとなくその人のことを知っているつもりでいるが、私は全く彼女たちのことを知らないのだし、こんなときは彼女たちの気持ちを第一に考えたいと思いながらも、語られることのない心の内を勝手に想像して、思いを馳せたりなんてどうやってもできないし、したくないよ……とも思う。その人たちがどう思っていようが、それがすべてで、せめて彼女たちのそのときの気持ちが否定されたりすることがないといいなと思う、そう思うしかないのだ。具体的にそれがどんな気持ちなのかなんて、私が知らなくても想像しなくてもよくて、ただその人の気持ちをその人自身が、誰にも邪魔されず大事にできる時間があればいい。前向きでも後ろ向きでも、どんな形でも。けれど一方で、とてつもなく遠い存在だからこそ自分にできることなんてほとんど何もなく、何もないからこそ、その人の考えていることや気持ちと全く違うことを自分が考えてしまうのが怖くて、的外れな祈りをしてしまうことだけは避けたくて、せめて、できるだけ正確に気持ちを汲《く》み取《と》りたいと思ってしまう。彼女たちにとってこれ以上いやなことが起きてほしくないからこそ間違えたくないのだけれど、間違えるも正しいもないところに自分がいることを、私は不安なあまり、つい忘れてしまうんだろうなぁ。勝手に想像した「彼女たちの想い」を汲んで、強い人たちだとか、がんばらなくていいとか、きっとしんどいはずだとか思ってしまうとき、私は自分の弱さにうんざりしてしまう。何もわからないことに対してせめて、強くありたい。応援したいと思うなら、そういう強さを持ちたい。それでも、やっぱり、何もわからないままでいることは、本当にとても難しいなって最近ずっと思っている。

ふとした拍子《ひょうし》に、悲しいことや、途方もなく辛いことが幕の向こうで起きているんだろうなとわかってしまうことはある。そしてたまに、自分の思いの一部を公《おおやけ》で話してくれる人もいる。そうやって知ることのある彼女たちの気持ちを、私はそのままで受け止めておきたい。彼女たちは「存在」そのものが作品のタレントさんであるけれど、彼女たちの心は彼女たちのものだし、少しでも見えた感情の片鱗《へんりん》を拾い集めて、ふくらませていくことは、とても危なっかしいというか、なんだか……ひたすらに辛いことだって思うから。けれど、「好き」なその人への、常に幸せでいてくれという願いはあり、それが叶っていなさそうだと思うときの、「好き」の行き場のなさ、幸せを願うその延長線上で、せめて苦しさを減らしてあげたいと考えてしまうときの強い「心配」は、どうやっても「どんなことを今悩んでいるんだろう」「どんなことで今苦しんでいるんだろうか」という想像を生んで、具体的に何を祈ればいいのか彼女たちの言動から読み取ろうとしすぎてしまう。私はそういうとき、自分の「好き」そのものがとても図々《ずうずう》しいというか、乱暴な気持ちに思えて、それさえもいやになりそうで、そのことが一番、恐ろしかった（逆に言えば、ただ幸せを願うことは踏み込まなくても思いやれる唯一のことなのかもしれないし、目に見える苦境がさほどなく、幸せだけを願えるのはそれ自体がとても幸せなことだと思う）。

彼女たちのためにと言葉を選びたくなるし、考えていきたくなるし、でも私は彼女たちのため

に と言えるほど近くにはいないし。私は私のために彼女たちが好きなのだから、いつだって、私は私の気持ちしか知らず、そして私はたぶん、そのことに心もとなさを感じていて、だから、彼女たちを大切にしたい、気持ちを消費したくない、と強く願っている。私は私のために彼女たちの舞台を見に行くし、好きな人たちの舞台を見られると幸せな気持ちになれる。彼女たちのために何もできていないし、私はずっと一方通行的に幸せをもらっていて、でも、「好き」っていう気持ちがある。この「好き」は自分が幸福になっているだけじゃ何一つ叶っていなくて、彼女たちの幸福こそ願ってしまうものだ。抽象的にふんわりとした意味で「幸せでいてほしい」と願っていられるならともかく、具体的な問題が多く起きている今のような時期は、その願いも少しずつ色を変えてしまう。何ができるだろう、何を祈るべきだろう、苦しい日々の終わりが見えないからこそ、できるだけ「本当に彼女たちのためになること」を願いたくなってしまう。相手の幸福を祈れることはとても大切なことだけれど、遠くから祈るにはあまりにも状況が悪化しているとき、私は自分が踏み込んではならないところまでつい(想像で)駆け出したくなってしまう。

それでも、「好き」そのものが傲慢《ごうまん》な気持ちだとは思うべきではない、と思うのです。たとえその身勝手な想像の根っこにあるのが「好きだから」であるとしても。「好き」であることは何も悪くなくて、私はただ強くなりたい。好きという気持ちを好きという気持ちのままにしておくために、わからない彼女たちの気持ちをわからないままで応援できるようになりたいから、私は強くなりたいのです。

このコロナ禍の時代に、舞台が止まってしまうたび、何を思うべきかさえわからなくなってしまっていた。彼女たちの方が辛いのだし、と思って、しまいこんでいた自分の、残念だ、悲しい、という感情をもう一度見つめ返すべきなのかもしれない。そこに一番、私の「好き」はあって、「好き」そのものについて、今だからちゃんと、書いておくべきなのかもしれません。

私は、彼女たちのことが好きだけど、でも彼女たちの「作品」こそが本当に本当に大好きなんだなぁと改めて思います。好きだから元気でいてほしいし幸せだと思う時間ができるだけ長くあってほしいとも思うけど、そうした個人への愛情と同じくらい、彼女たちが作る作品がとてつもなく好きで、見られないことはやはり苦しいし、悲しいです。そしてだからこそ、いつまでも待てるよ、と思います。すべてのエネルギーをかけて、存在そのものを作品に変えて、たった数時間の公演で1年とかもしかしたら10年とか反芻《はんすう》し続けることのできる、そんな強度のある「美しさ」を見せてくれる。もうそれは単なる「美しさにうっとり……」みたいな時間ではなくて、濃縮されすぎた美しさは「宝塚」としか呼びようのないものになってそこにある。私はその剛腕さが好きで、そして宝塚のその美しさの強度が全部、お客さんの心をひきつけるために追究された結果なのだというのも、本当に面白いなと感じている。この世にはたくさんの人がいて、その人たちの目に晒《さら》され続けるのは、普通に生きるだけでもとても怖いことだし、他人の目がない世界なんてどこにもなく不安は永遠に尽きることがないけれど、でもこんな世界の中で、むしろ無数の視線に耐えうる強度の作品を作ろうとする、強すぎてポジティブすぎるあり方がこの世にはあり、劇場にはあり、文化にはあり、私はそれが何より信じられるって思ったのです。他のどんなやり方より、直球で世界や他人と向き合っている。私はそれがかっこいいと思う、それがとても美しい作品を生み出しているという事実もとてもとても好きだ、そのあり方にいつも強く励まされています。

宝塚は舞台作品を作る場でもあるけれど、芸名を持つ「タカラジェンヌ」という作品をそれぞれの演者さんが作っていく場でもあるのかなって思います。宝塚は男役《おとこやく》も娘役《むすめやく》も完全に偶像の存在で、現実と地続きではないから、芸名を宿した「存在」そのものをゼロから作り上げるしかなく、そのときのパワーこそが宝塚公演のエネルギーの源なのだと思っている。誰もが「自分」と共に生き続けて、そこは決して切り離せなくて、それはとても息苦しいことでもあるはずなのに、宝塚を見たあとは、見ていただけの私さえも自分が「自分」であることにものすごくパワーを感じられるというか、「私」として生きていくことがとても楽しく無限の可能性を持つことであるように感じられ、勇気としか呼びようのない明るい気持ちになれるのです。

いろんな人がいる世界で「自分」を貫くことは、完璧になることや誰かが決めた理想をなぞることがゴールなのではなくて、すべてを自分で決めていっていいんだと心から信じられる「自由」を持つこと。自由の中で、自分を磨いて自分だけの美学を見つけ出すこと。宝塚にはそういうあり方がはっきりとあって、そこが私にとっての宝塚の魅力だった。他人なんてとても遠くて、わかりあえない存在で、でも、だからって永遠に関わり合うこともできないかというとそうではなくて、わかりあえないからこそ、ずっと向き合えることがあり、伝わってくることがある。互いに「自分」であることを貫いて、その人だけの大切な考えや思いが磨かれていったなら、それは相手の「わからなさ」をわからないままで尊重する勇気にも繋がっていくだろうと思う。そうした先でこそ私は人と関わり合いたいし、その状態で誰かを好きって思えることこそが最上だと思うのです。舞台には、そんな瞬間がある。自分であることを貫いて、それを美学にしている人、そんな人に出会えるたび、私の目に世界はより一層美しく見えます。そのことが私はとても愛しいです。

宝塚には必ずいつか退団という終わりが来る。けれど、それまではとめどなく公演がおこなわれ、在団する時間のほとんどがイコール「舞台に立ち続ける」時間となる。それもまた特殊な世界だなぁと思います。この「立ち止まらない」あり方が作っているものもきっとたくさんたくさんあるんだろうなぁ。「自分」という作品を磨き続けることは、本当に走り続けるようなことで、その軌跡が光みたいにきらきらするところが私はとても好きだった。彼女たちがその日々をどう思っているのか、本当のところはわからないけれど、今のこの感染症の問題で、彼女たちの意思ではないところで舞台に生きる彼女たちの日々が止められてしまうことが私は悔しい。答えがない中で、自分の存在そのものを磨き上げていく人たちの、日々の邪魔なんて絶対一つもあってほしくない。

今は舞台が公演当日に止まってしまうこともあるし、チケットを持っていても本当に見られるかが直前までわからなくて不安なことも多いです。でも、劇場で作品に出会えると私はやっぱり舞台が好きだと思える、彼女たちの作品が好きだと思える、その気持ちが自分の心の最前線に立ってくれる。どんなに不安や心配があっても、私はいつまでも舞台の幕が開くのを待てるし、いつまでも祈ることができるって、必ず心から思えるのです。私は舞台の上にいる人たちが好きで、心にあるのはそれだけなんです。いろんなことを考えてしまうけど、「好き」そのものは絶対に疑わなくていいなってそこで思えます。力強くてたのもしくて、そんな人たちが大好きです。好きにならせてくれてありがとう。心から、応援しています。どんな日も私はいつまでも待っています。

(二〇二二年八月十三日)

（今思うこと）

この原稿はコロナ禍に書かれたものです。そのあと、いろんなことがあり、私にとって本当に大切な舞台の初日が延期になって、ずっと待つようなそんな日もありました。いつまでも待てる、というのは当たり前にそのときの心にもあったもので、当時はなんだか、応援しているその人が、穏やかにぼんやりと外を眺められるようなそんな時間があるといいなとか、そのときに見えるものが綺麗な景色だといいなとかそんなことを考えていた。舞台で出会った人だから、その人の舞台が好きなんだけれど、でも、舞台にある幸せを祈るというより、その人の日々が少しでも照らされてほしいなと思っていた。人の幸福を祈ることは、たとえ遠い人でも、よく知らない人でもできて、淡く、望んでいる穏やかな時間や、見《み》惚《と》れていたい美しい景色のことは、私も人としてわかるから。そんなものがあの人にもあるといいなと思えるのは私にとって救いだった。美しい花や夕焼けを見ると、その人のことを思い出していた。

ファンレターが書けない

宝塚はとにかくファンレター文化です。

応援している人に手紙を書いているとき、私はまず、どうやっても「相手は他人だなぁ……」と思い知り、全くの他人なのだし何も言えることはない気がする……と突然冷静になり、そしてなのになぜ書きたいんだろう……とうつろな目をしてしまいます。やたらと言葉を書く仕事をしているからか、特定の人に何か言葉をかけるなんてとんでもないことだ、と必要以上に思っている節があり、手紙もメールも事務連絡以外は苦手だし、書こうとすると私は何のためにこれを書くのだろう、それは本当に相手にとって意味があるのか？　と考え始めてしまう。宛先がない作品を作ることは、湖に石を投げて波紋を作るようなことなので、その作品をどう捉えるか、そもそも受け取るか否かすら読者がすべてを決めることができるし、だからこそ私も平気で作ることができるし、とても自然なことだと思うのです。でもファンレターのように宛名があって、相手が受け取ってくれる前提があるときは、届ける言葉は相手にとって意味がなければいけないような気がしてしまう。だけど、相手にとって意味があるかどうかを重視するのは、どこかで書く理由を相手に作ってもらおうとするようなそんな期待がある気がして、いやそれは違うのでは？

書くのは私なのだから、私の中ですべてを納得させないとダメなのではないか⁉　と最終的には力技で自分のネガティブをねじ伏せて書いている。ファンレターは励みになる、という話を舞台に立つ人たちはよくしてくれるし、それは嘘ではないだろうし伝えてくれるのは大変に優しいと思うのだけど、そうした優しさに肯定されたがる自分って何だろうと思ってしまうのです。卑屈ではなく事実として、私は献身のつもりで手紙を書いているわけではない、と知っているから。書かねばと思った瞬間があり、それは相手が望まなくてもきっと湧いた感情だから。望まれているからそうしているなんてどうしても言えないのだ。言ってしまえば私は、伝えたいことがあるから書くのだ。それは何かって、好きです、応援してます！　のみであり、たとえ相手がそれを励みに思わなくても伝えたいのが本心だろ、ということをまず認めないと私はどうも書き始められないようなのです。

お手紙を書くときほど、己との戦いだ……と思うこともない。心がかなり強くないとファンってできないのでは？　と考えたりもするし、大抵書き始めるときは「強くいろ！　負けるな！」と自分を鼓舞しています。私は勝手にこの人が好きで、しかも好きと伝えようとしている……勝手すぎる！　なぜ！　どうして⁉　なんて気持ちと戦いつづけて、そうしてふと、あなたを好きな人がいるんですよと公演中、客席から伝えたくなる瞬間があることを思い出す。宝塚は舞台の上にもたくさんの人がいて、すべての人が自分を見ている時間ってトップスターさんとかをのぞいては滅多に訪れないのではないかと思う。けれど私にとってはその人は常に視界の真ん中にいて、その人が舞台に立ってくれるから楽しい時間が過ごせるし、あなたの仕事は素晴らしいって、私はやろうと思えば全力で世界に証明できる……みたいな謎の確信で胸がいっぱいになる。「好き」はたぶんそういう形をしているのだ、一つの心配も悲観もなくその人をただただ素晴らしいと思えたときの、未来が少しも恐ろしくないと信じられる感覚。あなたが素晴らしいだけなのに、私の方が「未来が怖くない」と思えてしまうの、不思議だ。好きな存在がいるからこそ、どうやってもその人もいるであろう未来は、美しいだろうと信じられる。世界そのものが愛おしく思える。不思議だし、このめいっぱい未来のすべてが明るく思えた私の喜びが、私ではなくあなたにこそ訪れてほしいと願ってしまう、そうでなくてはおかしいって思ってしまうのだ。

素晴らしいことをしてるって気づいてほしい、どんな日もどんなときも自分が舞台に立つことに疑問や不安なんて一瞬も持たずに、そこに全力の報われる幸福と、確信があるといいなって思う。先の見えない日があるとしてもそこでさらに一歩を進めるために必要な希望が、その人の中にあり続けてほしい。それを自分の応援が後押しできるとかは全く思わないんだけど、もはや祈りとしてあるんだ。

一つのことをずっと追求するのは、どんな道でもやっぱりしんどくて、自分にしかできないもの・作れないものを作ろうとするとき、「自分」のお手本なんてないから、自分が自分の決めた方針を信じるしかなくて、その「信じる」っていう勇気が、できる限りどんな日も翳《かげ》ることがないといいなって思うのです。そして私はたぶん、好きとか関係なく、物を作る人すべてがそうであったら一番なのになって思っている。そして、好きな人たちにはより、(それは優しさとして)そう思うかなぁ。

舞台は広くてたくさんの人がいて、お客さんもたくさんいて、「自分を見ていない人」が視界に入る時間もきっとあって、そんな中できらきらし続ける人たちに、目や拍手だけじゃ伝えられない分も「あなたは最高です。知ってますか?」と伝えたくなるのかもしれない。もちろん目や拍手で伝わることもたくさんあって、でもたぶん、もらえるものが多すぎるからこそ「何一つ伝えられなかった」と思ってしまうのかもなぁ。すべて伝えたところでそれがその人の力になるのかはわからないけど、それでもたった一人によって一瞬ですべてが明るく思えた自分が、客席で数千分の一の存在として、感じられたきらめきの一粒さえも相手に見せることができていないのが不甲斐《ふがい》なくてたまらなくて、いてもたってもいられなくて、ペンを執《と》っているのだろう。鏡になってあなたの素晴らしさをあなたにこそ見てもらいたい。私に未来のすべてが一気に輝いて見えたときのような、そんなきらめきであなたの視界も埋め尽くされてほしい。その人がくれた希望としか言えない美しいものがすべて、伝えられたらいいのにって思うのです。

ファンが見る希望と、その人自身が必要とする希望はきっと全く違う形をしているだろう、伝えたところで糧《かて》になるのかもわからない。それでも、伝えたくなる。伝えられないなんてそんなことがあってたまるかと思う。その人のためになるからとかそんなことは関係なく、私にとってその人のくれた光は大きすぎて眩《まぶ》しすぎて、もらいっぱなしだなんてありえないと思えてならないのだ。相手が喜ぶのかはわからないが、それでも私は「好き」って言わなくちゃいけないとそれを浴びて思っている。絶対、私が得た勇気以上のものを、それをくれた人には常に得ていてほしいと願ってしまいます。私がその勇気をこしらえることができなくても、別の誰かの言葉とか存在や約束がきっかけでも、それはもうなんでもいい。ただ自分よりずっと幸福でいてほしいのだろう。

本当は私の気持ちでなくてもいいのだな、と書いていると思う。ひたすらいつもその人自身のなかにある不安や翳りが少しでも消えることを祈っている、というそれだけで、私は私として手紙を書いて、私がどう思ったのかを書き綴《つづ》りながら、私がどうとか関係ないんですけど⁉ なんて思いがすごくある。でも祈りたくて、私は私としてしか振る舞えないから、しかたなく自分の気持ちを語るのだろう。神様になって、あの人たちがしんどい日の窓から差し込む光がめちゃくちゃ綺麗になるように魔法をかけたいな……と思うし、そういうことができるなら手紙を私は書かないだろう。魔法が使えないから言葉を書いています。私が私であることにこんなにも意味のない時間はなく、その人しかない空間の幸運を願っている、私の手書きの文字なんて届かなくていいんですけど～⁉　と半泣きになりながら、謎の書きにくさと不安と自信のなさに呑まれながらも私は私の気持ちを、覚悟が決まった武士みたいな顔で書いて完成させる。たぶん、平気になる方法はいくらでもある、宝塚の人たちはお手紙に慣れているからみんな本当に心から励みにしているんだろうなというのもわかる。でもそういう話ではなくて、私が一番思っている、祈る気持ちをそのままで持っておくために、私は私が苦しいのをそのままにしておきたいって思うんだ。

「好き」っていうのはたぶん、「祈っている」という言葉に近いのだと思います。ファンレターは特にそうかもしれません。その人が見ているその人だけの世界が、まっすぐでずっと晴れ渡っていればいいなと思うし、私はそこにいたいとは思わない。が、その祈りを届けるためには私は私でなければならない。神様みたいに人知れずお天気を良くすることなんてできないから、私は私個人の話として、好きですよと伝えるしかできないのです。というか、手紙がなければそれさえも十分に伝えられないのだ。なんて弱いんだろう、あんなにも無数のものをもらっておいて、不甲斐なさすぎて自分が情けなくてどうやっても己に勝って手紙を完成させねばと思います。なんで自分の気持ちなんて書かなきゃいけないんだろう……さっさと宝塚市の空気を浄化するためだけの植木になりたいが……とはたぶん永遠に思うのですが……（植木は偉いよね、空気をきれいにしてんだから）。それでも彼女たちが見ているのは客席なので、そこに植木は座れないので、私は私として手紙を書くのでしょう。いつまでも自分の言葉なんて送らなくてもいいじゃないかとうめきながら、あなたのことをとてつもなく好きな人があなたの視界に広がる客席にいるよ、ということを伝えるためだけに、私は文字をずっと書いていくのだろう。

（二〇二二年九月十五日）

（今思うこと）

私の応援している人が休演した日から、復帰するまで毎日手紙を書いていました。あのころから、お手紙に躊躇《ちゅうちょ》することはなくなったように思います。自分の気持ちなんてあまり意味はないとももうあまり思わなくなって、自信がついたとかではなくて、ただ、その人に届けようとする愛情を、自分で謙遜のために軽んじてしまうことはやめたいと思うようになっていた。それが迷惑にならないようにとかそういうことは気をつけるが、私の応援なんて別に……意味ないよね……とか言ってる場合ではない、とあるとき思ったのです。人を人が好きになることは、とても尊いことです。当たり前のことですが。その人のことを思い、その人に対して好意を伝えるなら、それは美しいこと。その美しさや尊さを裏切らないよう、まっすぐに目を見て、まっすぐに届く言葉でいつまでも己の愛情を差し出すべきです。それが、人と人のコミュニケーションです。今はそう思います。私はその人のことが本当に大好きなんだろうなって思います。

オペラグラスが恥ずかしい

オペラグラスで舞台を見るのが好きです。全体を見たいとはあまり思わなくて、例えば本を読んでいるとき音が聞こえなくなるように、一瞬がスローモーションで見える瞬間があるように、舞台は特別に思えば思うほど一箇所しか見えなくなる。それはたぶんオペラグラスを使わなくったってそうで、好きになるとはそういうことで、だからこそオペラでその幻を「本当」にしている、オペラを使うことで自らに正直になる。どんどん見えないものが増えていくのが舞台を愛するってことのような気がするのです。その上でできる限りいろんな場所を見たいから何回か繰り返し通《かよ》ってやっと全体像を頭の中でパッチワーク的に作ることもある。これが正しいのかはわからない、わからないというか間違ってると薄々《うすうす》思っていて、その気まずさはあるので、オペラで見てるときの「舞台の人にバレたくないなぁ」の気持ちはいつも強烈にあり、しかし舞台の人はオペラグラスを見つけてくるのですよね……あれはすごいなぁ。そうしていつも少し恥ずかしくなってしまう。

舞台を見ているとその世界にのめり込んで、自分という存在を忘れる、感情が高まりすぎて真っ白になる。そんなことはもちろんあるけれど、でも同時にむしろ逆では？　と思うこともある。あの人のあのタイミングの表情を絶対にオペラで見なくては私はここに来た意味がないのでは？　つまり生まれた意味がないのでは？　という焦《あせ》りで、でも、こんな距離でオペラを見るってどうなんだ⁉　作っている人たちは舞台全体を見てほしいのではないか……と自分の中で自分と、誰のため何のためなのかもわからない争いを始めてしまう。私は自分にどんなファンでいてほしいと思っているのだろう、作品全体を好きになって隈《くま》なくいろんなところを見て、穏やかにファンをやる人になってほしいのだろうか。たぶん舞台に立っている人はオペラを失礼とは思わなくて、そう思っているとしたらそれは私自身なのだ。全然自分の理想の「好き」ができていない、もっともっと強烈な「好き」になってしまっている、ということを自分の手がオペラグラスを下ろそうとしないときに思い知る。好きになること自体が自分の勝手であって、自分の中で完結している思いのはずなのに、「一方的に見る」なんてかなり能動的な行動に出てしまっているからそれが怖いのかもしれないなぁ。自分の中でこれくらいなら許されるだろうかと思う「好き」はもう少しほどほどのもので、そうではなくなっているからこそ堂々とはできないのかもしれない。別に許されるも許されないも私が推《お》し測《はか》れるものではないのだけれど……事実として当人に許される限界を知りたいのではなくて、見るという行為は普通は一方通行的にするものじゃないから、それが当たり前にできる空間にどうしても慣れないというだけだ。人をじっと見るって、どうしても抵抗がある。それに、「好きになる場所」ではなく「舞台を見る場所」ではないのか？とどこかで思ってしまっていて、そこを自分の中で曖昧《あいまい》なままにしてしまっているから抵抗が生まれるのかもしれません。

映像で見ていたころはそんなこと少しも思わなかったけれど、生で舞台を見るときはどうしてもそれは「好き」があってこそのものであるように感じる。舞台を作品という枠組みで、全体を楽しむのであれば、ストーリーとして重要なところをカメラで押さえてくれる映像の方がもしかしたら効率がいいのかもと思うことさえあり、だからこそ、「自分がそこにいる」ことはとてつもなく観劇に関係するように思えてならない。何を目で追うかも、どの視点でいるかもすべて自分に任されているとき、私は劇場の外で、膨大な情報量の世界と関わり続ける自分を思い出す。無数の人とものがある世界で、私は、そのすべてを見ることはできていない。見たいところを見て、ときに何かに肩入れをしたり思い詰めたりして主観的に捉えながらそれを「世界」なんだと思っている。「私の生きる世界」なんだと思っている。もしかしたら観劇でも同じことをしているだけなのかもしれないのです。

劇場の中で他の現実を遮断して舞台を見るとき、その舞台こそが、私が見る「世界のすべて」です。「世界」がすべて舞台の「世界」に切り替わるからこそ生の観劇は面白いんだ。その「世界」を満遍なく、作り込まれたそのすべてを受け止めることなんて不可能に近い。歩き回ってその広さを知ることも、全体を知ろうと調べまわることも、世界への関わり方の一つだけど、でも、たった一箇所を本気で見つめるときだって、「世界」との密度の高い関わり方で、そこで見えるものが浅くなることなどありえないのだ。それは、現実の世界の関わり方ととても似ている。深く一つを愛するとき、世界と私の関わりが生まれていく。世界を特別な「私の世界」に変えていく瞬間だ。

小学生のころ、私には情熱的に大好きと叫びたくなるようなものがまだ一つもなかった、友達が好きなものについて話すのを大人みたいだなぁと思って聞いていた。好きなものがよくわからなくて、だから私は自分のこともよくわからず、世界のこともよく見えない空洞として生きている気がして、少し不安だった。自分の輪郭と世界の輪郭を知らないような感覚。どうやってここに立っているのかはっきりとわかっていないまま漂《ただよ》っているようだった。「好きなもの」とは世界と私の接点であって、それが生まれたとき、やっとここまでが「私」で、ここからが「世界」だと知ることができるように思います。私から見た「世界」は、私という存在がくっきり見えなくてはわからなくて、そうしてその「私」を通じた世界の見方は「好き」によって作られている。好きは「偏り」ではなくて、むしろピントが合うことだと思う。舞台にオペラグラスを向けるのも、きっと同じことなのだろう。私はただ一人をじっと見ていて、そうでないと見えてこないものを見ていて、そしてやっと舞台という世界に自分の肌で触れることができている。

運良く座れた少し前の席で、肉眼でもいいじゃないかという距離なのについオペラグラスを上げてしまい、それからなんだかすごく恥ずかしい気持ちになってしまう。けれどある時、オペラに反射した光を見つけたのか、舞台の人がそのレンズに肯定的な反応をしてくれたことがあり、私はなんだかとても、とてもほっとした。自分の「好き」の気まずさを、そこで解消してもらうなんて違うのではという気もするけれど、それでもやっぱり見るって一方通行的すぎて、不安になるのだ。その不安を簡単になくしてくれる舞台の人は、いつだって「好き」で世界を見ることを前のめりに許してくれていて、本当に優しい。そうやって許されて、もしかしたら現実よりずっと「世界」にピントを合わせる余裕をもらっているのかもしれません。

好き、だけで世界を見るとき、世界は美しくて、そしてその美しさに気づけるのは、私がこの世界に生まれ、生きてきたからだということも同時にはっきりとわかる。私の「好き」が、その瞬間私のために花開くのを感じます。いつもは「好き」って思うことは一方通行的でエゴみたいなものだと思いながら、迷惑にならないよう失礼にならないよう、罪悪感と共に生きているけれど、「私の勝手で好きなのだ（ごめんなさい）」なんて言ってしまわなくてもいいのではないかとそんなときは思う。私は私のためにあなたが好きだ、と思うのはなんの戒《いまし》めでもなく、本当にそう。そうやって私は私を幸福にできているのだ、事実として。世界を好きになれるとき、そこに生まれて出会った「私」を鏡に映る像のように無意識に、心の底から愛している。この瞬間には誇れるものしかないって、そのとき信じることができるのです。

（二〇二二年十月八日）

（今思うこと）

そんなこと書くなよ！　って今は思いますけど……。オペラグラスを上げるか上げないかの問題はもう今は、開き直るしかなくなっていて、好きだし、今は今しかないのだから、上げたいなら上げるしかない、ともう最近は完全に決断してしまった。ですのでこれを読むとあらためてその開き直りに対して突き刺さるというか……「なんでそんなこと言うのよ、書いたの誰よ！　私だ……」みたいになりました。私は好きな人がとにかく好きなのでオペラグラスを上げます。しかたありません。犬が好きな飼い主を見つけて尻尾振ってるようなものです。

2階B席物語

2階席の奥に座る日は、最初から「今日はあの人を集中して見よう」とかそういうことを決めて2時間35分ほぼずっとオペラグラスを上げる。2階席の奥だと絶対向こうからは見えないという安心があるので臆《おく》せずオペラを向けていられるし、人をずっと追いかけて見つめるのって（前回に少し書いたけれど）舞台の見方として王道ではないのかもしれないが、でも観劇体験としてはものすごくど真ん中のことでもあるようにやっぱり私は思うから。芝居は一人一人が一つの作品のために動いて、そして「舞台」としてその場を完成させているけれど、一方で演じる側はみんな一本の時間軸の中で一人一人ずっと、生きている。それを追いかけて、例えば一人の人だけとか、一つの集団だけを見届けようとするとき、そこで見える別の「舞台」を私はとても好きだと思える。誰も物語のためだけに生きているのではなく、人はそれぞれ一つずつ物語を持つ、人生を持つ。舞台だけでなく現実世界だってそう、一人一人の人生の重ね合わせとして世界や舞台があって、そのことが私という一人の人間がオペラや肉眼で「見たい」気持ちに正直に舞台に向き合うとき、よりはっきり感じ取れる気がした。「神の視点」としてではなく、「私の視点」として物語を見るから、あの世界の中に入っていける感覚になる。図々しいけど、でも私がいるからこそ私にしか見えない物語が生まれるんじゃないかな。舞台は作り手にとっては板の上がすべてなのだろうけど、見ている側にとってはそんなエゴが深く関わった「観劇体験」こそが受け取る「作品」なのだと思います。

その日もいつものように一人だけをじっとオペラで追いかけて見ようと思った。ちょうど新人公演で見て気になっていた子がいて、座る席的にもよく見えるかもしれず、その子のことを追いかけて見ようかな、と。向こうからは気づかれないだろうし。けれど、私が2階席奥の壁際からオペラで見ていたその人が、明らかにオペラに気づいたのです。

人が多くいる場面ではなく、その人の周りにはちょうどそのタイミングでは人がおらず、なおかつ、振りでこちらを見た瞬間に少し目が動いた、というだけなのでいくらなんでも勘違いだろうなぁ……とそのとき私は思ったのですが、それまではこちらの方を向いてもオペラにどんぴしゃの視線ではなかったその人が、そのあと終幕までこちらの方角を向くときは必ずオペラにどんぴしゃの視線を表情付きで送ってくれ、パレード（ショーの最後にみんなが出てくるところ）ではお辞儀のシーンでオペラに向かって目を見開いて「見えてます」みたいな表情をしてからお辞儀をしてくれた。

という、勘違いだとしたらなかなかとんでもないレベルの話をしていますが……いくらなんでもこれがすべて勘違いな訳ないだろうなぁ、というのは私だってわかるよ。タカラジェンヌの視力をなめてはならぬ……となり、その日はそれこそ「観劇体験」が胸に刺さってそのことしか考えられなかった。2階席の、それも奥の方は絶対に舞台の上からは見えないと思っていたし、見えたところでその場所を覚えて視線を送り続ける人がいるとは思わなかった。終演後オペラを外して肉眼で舞台を見ると、やっぱりめっちゃ遠い、こんな遠いところにある客席のオペラを見つけてずっとちゃんと見ようとするってなんだろう。なんなんだろう？　よくわからない……すごい……視力が100だ……いや視力の話がしたいんじゃないんだよ私は……。

あの人は本当に、その日のその回の公演を「一度だけの公演」として大切にやっているんだなぁ、と思った。観客である私にとっては「一度きり」でも、舞台に立つ人は毎日毎日そこに立つのに、それでも、その日だけの何かをその人は見つけて、そして一つずつ、その瞬間だけのものとして大事にしている。私はだからこそそのときのその舞台をその場でともに過ごしているんだと、そう実感することができる。これはその一端のできごとだ。とても光栄で、幸せなことだと思った。

目線がくると嬉しいね！　という話をするとき、なんかそれってどういう意味なんだろうって自分でもわからなくなることがあるし、それが第一の目的だみたいには思いたくないし思われたくもない……と意地になって、結局その話自体やめてしまうこともある。好きな人や気になる人をオペラで見ているんだから、そりゃそんな相手がオペラを見つけて、意図的に目線をくれたらすごいことだなって思うし嬉しいけど、それはファンとして気持ちが伝わった感じがして嬉しいだけでなく、もっと別の何かでもあるような気がして、そこが取りこぼされていくようで怖くなるのです。だって好きは好きでも、「好かれたい」は伴わない好きであるような気がするし。あくまで「好き」は舞台に対する興味の延長線上にある。ここにあるのは「肯定されたい」とか「好かれたい」とか、そういうものから解放された好意や関心で、だからこそ楽しいのだ。一方通行だなぁと遠い席からオペラでじっと見てるとき、私はいつも少しほっとしている。相手にバレないまま相手を見ようとして、それに成功していて。でもそういうふうに一人の人を見つめることが、私にとってとても癒されることだった。相手が自分をどう思うかを最初から求めてもいないし、そこを考えなくていいから気楽でもあるし、どこかで、こちらを見る演者さんがかなり軽い気持ちで客席を見ていたらいいなって考えたりもしている。何かを肯定するためとか、ファンに応えるためとか、そういうアンサー的な意味でなくて、ただ同じ空間を共有してるからこそ起こる自然なこととして「目が合う」があるといいなぁって。舞台を愛することの延長線上でそれを受け止めて、喜べたらなって思う。技術としてお客さんと目を合わせることを意識しない人はきっといないんだろうけれど（そしてそれはすごいことだと思うけど）、そうやって意識して生まれた視線が、舞台と客席の間にある境界を超越する瞬間を作る気が私はしている。ファンとしてすごく嬉しいことで、でも舞台という空間でないとない嬉しさだって思う。たぶんその理由はこの越境に詰まっているって思うんです。

舞台と客席で目が不意に合うとき、演者さんにとっての「今日の舞台の刹那《せつな》」を一緒に感じ取らせてもらえたって感じる。いつも、舞台の上の人たちはこのお話やショーをどんな鮮度で見ているのだろうと思う。客席じゃわからない鮮烈さがきっとあって、それが、目が合ったとき突然こちらにも伝わってくる。客席にいたって十分に鮮烈なものがそこにはあるけど、でもあまりにも舞台は別世界だから、自分と同じくらい「今」「生きている」ものだってことをそのまま受け止めるのは難しい。リアルとフィクションの間くらいにあったものが、目線がきた瞬間、ライブ感を纏って、急にこちらにやってくるんだ。

コミュニケーションなんだろうな、私もその人も生きているということをこんなに確信できる瞬間ってなく、そんなとき、舞台は本当に「生きている」んだなって思う。

それは単なるファンとタレントの関係における「コミュニケーション」ではなくて、もっと、原始的なもの。日常生活でも、人と人が向き合っているだけじゃ、互いに相手が「生きている」ってことを完全に実感するのは結構難しい。でも一瞬の呼吸の速度や、目の光や、指や視線の動きで、ああこの人は自分と同じように生きているんだって突然わかることがある。お芝居はこの「生きている」が伝わる瞬間を、役のものとして身に下ろして、そのきらめきを届けていくことなんじゃないかって思うんです。どんな情報や設定の開示でもなく、その人の存在そのものが表現できる「役の存在」。生きている人が演じることで作られる舞台の醍醐味《だいごみ》ってきっとここにある。私が舞台を好きなのも、きっとここにある。「生きている」ということ。そしてそれを受け取る観客も生きている。生きていなきゃこれらを受け取ることはきっとできないだろうって思う。

流動的で、どんなに繰り返し公演しても消えることのないこのライブ感が私は好きです。そこにいる人しか、そこにいる別の誰かの持つ情報量の多さに本当の意味で圧倒されることはないのかもしれない。

観客が見るより前に舞台は確かに完成していて、「作品」を構成する要素はそこで揃うはずなのに、実際に観客が受け取っているのは脚本や演出や役者の演技プランだけではなく、そのときにその人が「いた」という実感も、大きく大きく含まれている。ここにいる、自分も同じ場所にいる、自分だけの視界で舞台を区切って、選んだ場所に焦点を合わせて見ている。そうやって自分の中でその人の「いる」を、生身で向き合っていくことで受け止めていく。すごく客のエゴが混ざることだけれど、でもそうやってエゴが混ざった形でやっと観客にとっての「舞台」は完成するのだろうなって思う。

ただそれを、舞台を作る側の人たちにどう言えばいいのかは、いつも難しい。あなたが好きだからあなたがいてくれて生で見られて嬉しい、というのはそれはそうなんだけどでも全く違ってもいて、私は舞台を見に来ているし、ただその人がそこに立っていたら見に来るかって言ったらそうではない。「いる」ということが、作品に昇華されることに私は舞台の美しさを感じるし、それができる人たちを心から尊敬している。でも、その魅力を語ろうとすると「いた」ということの感激が大きく大きく言葉を占める。

あの日、2階席に届いた目線は本当に、「気遣いをもらえた」とかじゃない、もっとその人の一瞬になれたと強く実感するものだった。オペラのレンズに反射する光以外きっとあの人には何も見えていなかっただろう。でも、オペラの光の向こう側にいる「人」に向けてその人は頭を下げていた。光の位置を絶対に忘れずに、幕が降りるまでずっと目線を送ってくれたあの人は、めちゃくちゃそこにいたし、私もここにいた。いた。「いた」ことが、あの時間をものすごくダイナミックにしていた。同じ作品を私は何度か見ていて、その日の席位置がたぶん一番見づらい席だったはずなのに、この公演のことを思い出そうとするといつもその席から見た景色が浮かんでくる、そうなってしまった。「目が合って嬉しかったです」なのだけど、でもそれはその舞台への賞賛でもあって、そのことを絶対に丸ごと残したいって思った。それでこの文章を書いている。目が合って嬉しかったのは本当で、でもそれは積み重ねられた舞台よりもそういう気遣いが嬉しい、とかそんな話ではなくて、好きな舞台作品が鮮烈に自分の中に突き刺さって抜けなくて、そのトリガーとなったあの目線に「嬉しかった」って言っている。舞台そのものの体験になって、昇華されたあの刹那が素敵だったな。私の気持ちを何もかも吸収して、今しかない美しい「観劇体験」をくれるあの人たちを、私は心から尊敬している。すばらしい作品をありがとう、が、すべての好意を込めた言葉だ。

（二〇二二年十一月十二日）

初日がこわい

大抵、好きな人が出てる舞台は初日か初日近辺に一度見ることにしています。初日の舞台に向かう間の、不安と期待で頭がぐるぐるして、次第に諦めにも似た覚悟を決めてしまいそうな感覚って耐えられないので、早くそこを解決したいと思っています。大好きなはずなのに、見るまではどうしてか、新しい作品が好きじゃなかったらどうしようとか、そういうことを考えてしまう。なんだって、その人が出ていたら好きになるよ、なんて簡単には言えない気がする。舞台の人だからこそ、作品そのものをまずは受け取りたくて、好きだからなんでもいいとはどうしても言えなくて、すごく不安になってしまう。

今から始まる作品がものすごく好き！　と思えるものでなかったらどうしようって思うとき、そんなことを考える自分がまず嫌になって、でもやっぱり見るまではわからないよなぁとも思ってしまう。そこで準備されているものは、やっぱり作品そのものを見ないとわからないし、その作品を見てから、それを愛して、好きと言いたい。どんなあなたも好きですとか絶対言いたくないし、でもそれは、いつだって新鮮に好きだなぁ素敵だなぁって思いたいし思えるとどこかで信じているからなのかな。好きだと思いたいし、好きだと思えるはずだと信じているけど、未来は未来のことでしかないから、いつも不安になる。「何をやったってあなたが出ているならそれだけで最高です」はなんだか私が抱いている愛情とは全然違うものに思えて、もっとその人がそのときに作り上げたものをその瞬間に好きになりたい、そう強く願っている。そしてその人だけでなく、その作品そのものも愛せるといいな。やっぱり大好きな作品に大好きな人が出ていて、そして大好きなパフォーマンスだった！　というのが私にとって最高の幸せで、それをずっと望んでいる。

舞台は、舞台の演目そのものに対する好きだなぁの度合いもあるから、難しいなぁと思う。一人の人が大好きでも、やっぱりその作品そのものを好きになるかは作品の内容によるところが大きい。もちろん私は出ている人が好きだから、たとえ期待した作品でなくてもその中にいる好きな人たちの工夫や技術を見つけては「ああいいなぁ」と思うだろうし、それらを一つずつ拾い集めて覚えていく時間をすごくすごく楽しむだろう。どんな作品だろうと、あの世界の人たちはそのときの役や作品のために生きてくれるから、嫌いになるなんてことはない。というかたぶん、大好きになるだろう。わかっているのだ。わかっているし、心配する必要なんてないと本当は思っている。でも、やっぱりそれでも最初から、見なくても大好きだってわかる、とは思いたくないというか、その人の作品を、準備満タンの炎のように待ち構えていたい。初日に。舞台の人を愛するなら、私はもっと愛と期待で燃えていたい！　って心から思うんです。

私の中で好きだった役とか、好きだったショーはある。その人のことを大好きになった日の公演。さらに特別になったときの公演。一つ一つ、やっぱり作品ごとその人を好きになれて、その上でその人のことを特別に思えて、そういう奇跡みたいな出会いになっていた。そんな夢をくれるのが舞台の人で、私はその瞬間のために生きている人たちのことが好きだから、私は彼女たちを好きでいるかぎり、ずっと奇跡を夢見ていたい。その期待が回り回って自分を不安にするとしても、舞台という夢の世界を愛する人間として「これくらいかな」って最初から期待を低く見積もって現実的にしておくなんて、愛せていない気がして嫌なのだ。夢を見せてくれた人たちに、夢を期待していたいです。その人たちに過度な期待をするのは嫌だけど、プレッシャーになるのは嫌だけど、あなたが舞台に立つことはいつだって私の夢の幕開けなのだと、私は断言できる人でいたい。好きって、期待することです。夢を見ているって、次の夢を待つことです。

それができるくらいあなたは私を信じさせてくれているってことです。

演者さんを好きになるって不思議なことです。好きになったそのとき、作品の役や振りや曲が好きで、そこの幻に心奪われているのかもしれない、その人自身を見ることが私にできているのかな？　って思ったりもする。その人自身を見に行くというより、舞台を見て、その舞台に惹《ひ》かれたのに、でも結局一人の人の芸名を検索して、名前を覚えて手紙を書きはじめていて。もちろん、作品そのものが好きで、作品自体を愛して満足することもあるけど、でもそうでないことの方が大半で、そういうとき、私に残るのは役名ではなく出演者の名前なのだ。

舞台は生で見られるものだから、その場にいるその人のことを私は見ているし、その人の「瞬間」を目撃した、という実感が舞台を鮮烈なものに変えている。作られたり決められたりしている「舞台」の設定や役柄が私の人生の出来事として刻み込まれるのって、やっぱりそこに生身の人がいるからなのだと思う。生身であることの情報過多な見え方が、フィクション世界に呑み込まれるような手応えをくれる。生身の眩しさに惹かれるからこそ、生身のその人が幻の真ん中にあるものだって思えてならない。だから、作品を超えて、役を超えて、その人自身のファンになるんだろう。

幻そのものを信じる力をくれる、その人の技術を私は尊敬している。どんな作品でもその人の舞台姿を私は好きだろう、またきっととても楽しいのだろうな、と思いながら、それでもだからなんでもいいとは思わなくて、最高の夢がやっぱり見たいなぁとは思う。最高の夢の中で、好きな人の一番素敵なところが見たい。それは、その人がくれたものを一番信じる姿勢だとも思っている。

初日が近づいてくる間、不安になって、その人のことは大好きだろうとわかっていても、それでも本当にただ静かに、どうか良い作品であれ……と願っている。いつもそんな感じです。最高の夢であれ。私はそう願ってしまうから、大好きになる作品もあればそうでないこともたまにあるけれど（でも好きな人はいつも素敵です）、そうやって、何もかもに肯定的になれない自分に疲れながらも、それでも最高の夢を待てる自分が好きだ。そんなふうに夢を期待させてくれるあの人が好きだ。それは、あの人がくれた夢がそれまで素晴らしかったからなのだから。疲れてもこんなふうにいつまでも、自分の期待に振り回されていたいって思う。

私にとって、奇跡はあなたの名前がついている。

そうして舞台が始まればその期間は本当に楽しいのです。彼女のおかげで。そうやってまた次の夢への期待を膨らませて、私は夢を信じ抜いて、生きていけています。

（二〇二二年十二月二十四日）

(今思うこと)

最近はそもそも、千秋楽が終わってからその人の次の舞台を待つまでの時間がさみしくて、ひたすら長く感じてしまって。初日はその人に会えるのがとにかく嬉しいです。もちろん作品を好きになるかなぁどうかなぁと思うこともあるのだけど、不安よりは嬉しさが勝る。このまえはそれで作品も大好きだったので、喜びがキャパオーバーしてしまい、冷静になれない！　ってことに頭を抱えていました。

かわいいってなんだろう？

舞台に立つ人を尊敬している。歌も芝居も踊りも私はかけらもできないので、何がどうなってるのかもそもそもわからないし、何よりそこに至るまでのその人が舞台のために費やした時間についても考えもする。才能という言葉がもてはやされるけれど、才能だけで舞台に立てる人などいないよ。それはどんなジャンルだってそうだけど、身体に近い表現であればあるほどそのことがこちらにも迫ってくるのだ。観劇とはその人の人生の断片を見せてもらう行為でもあり、だからこそその人自身に惹かれるきっかけにもなるのだと思う。

単なる「見る」「見られる」の感覚でおさまらず、ずっと圧倒されているし、圧倒させるのがあの人たちのお仕事なのだろうと思って見ている。ただ一方で、宝塚はとくに専門のCS放送があるため、トーク番組などに演者さんが出演して、本当に普通の、不器用さや人間っぽさが垣間見られることは多くあり、そういうときになんか……かわいい人だな……となってしまうの、いつもどうして……と思うんです。それこそ全く知らない人なのに、そこで人柄が好きとかかわいいとか思う自分がほんと理解できなくて、困惑します。特に「かわいい」。かわいいって思いながら同時に、「かわいいって……なんなんだよ……」とも思っています（大人の他人に思っていいことなのかもわからないのです）。未熟な部分を未熟だから愛《め》でているのか、なんてもしも言われたら、そういうことじゃないんですよ！　と強く言いたくなってしまう。でも、かわいいはかわいい、好きは好き。その感覚がどういうつもりで自分から出てきたのかわからなくなるときがある。舞台の上にいないとき、その人はどう思われたくて、どう魅せたくてそこにいるのか予想がつかないから、もしかしたらどう思おうが結局すべて罪悪感が付き纏うのかもしれません。というより、舞台として差し出されるものだけで満足していないことに申し訳なさがあるのかもしれないな。

私は物書きなので、人前には立たないし、書いたものだけが作家としてのキャラクターなので生身の自分と作品の自分の境界線みたいなものは意識する前からはっきりとそこにあって、大前提すぎてその違いに戸惑うことってなく、読み手もそれはそうなのではないか……と思っている。けれど生身で仕事をしている舞台人のような存在はその境界がかなり曖昧なのではないか。リアルだと思っている部分が急にフィクションになったりとか、そもそも二つがグラデーションのようにあり、どんなにフィクションを見ていても奥にあるのはリアルなその人だったり、簡単に分けることが難しいんだなぁとよく思います。「作品のその人だけを応援する」というのがそもそも不可能なことなのかもしれません。

たぶんこれは本人たちの中でも、舞台から降りているときの自分はどれくらい「作品」なのかって人によって捉え方はバラバラなんだろうと思う。どう見てほしいか、どう魅せたいかは個人差が大きくて、そんな中で本人たちの意図する通りにこちらがきちんと受け止めることはほぼ無理なんじゃないかなぁ……。勝手な解釈を私はしてる気がする……と思いながら、トーク番組だとかを見ます。その人の意図するところがこんな見えないものもなくて、それでもかわいいなぁとか優しいなぁとか思うことはあり、そう思ってしまう自分にずっと慣れないままでいます。

私は、この人、性格がいい気がする……だから好き！　と思うことはほぼなくて、だけど内面に全く興味がないわけでもないし、好きな演者さんが素敵な発言をしているとやっぱり素敵だなぁと思ってしまう。あんまりそれは関係ないのではないか？　とも思いたいのだけれど、でも、どうしても嬉しいんだよなぁ。その人が見せてくれる夢が好きで、舞台という作品が好きで、むしろだからこそ、舞台で好きになった「その人」のことをやはり中身も素敵だなと思いたい欲があるのかなと思います。

お芝居はやっぱり演じているもので、特に宝塚は男役や娘役という「あり方」自体がフィクションで、たとえお芝居中でなくても、芸名として舞台に立つショーでもその設定は変わらないし、彼女たちがお客さんの前で完全なノンフィクションになることはない、と私は思っています。それでも舞台を見ているときの「この人、だれ⁉」という気持ち、芝居の構成や衣装やその他の設定ではなく、そこにいるその人自身に惹かれてしまう感覚はあり、私は本当にその人を見ているのか？　役が好きなだけでは？　ショーのその場面が好きなだけでは？　とたまに不安で、「その人が好き」って何を根拠にしているのだろうと自分でもわからなくなる。知らない人なんだよなぁ、本当は。何も知らない人を遠くから応援しているのに、その人を好きだと思うから、「好き」の気持ちがうわべのものだったらどうしようってすごく怖くなるのかな。

本人のことを何も知らないことは明らかなので「見せてくれる夢」を私は愛しているんだろうなと思いながら、「夢」だけを好きになるのでいいんだろうか？　と思ってしまう。夢を見せる仕事なら、夢を受け取ればいい、とわかってはいるのですが、「応援する」とか「好き」とか、そういうのはどうしても生身のご本人に向けてのものになるから、「夢」だけを見て「夢」の中のその人に向けて何かを祈ったり伝えたりするのは私は怖い。私が、自分と詩人の自分を完全に分けているから余計にそう思うのかもしれないけど、その人自身に向けての祈りやその人に届く言葉を、その人が見せる「幻」とご本人を完全に重ねたままで発するのが私はどうしても苦手です。その人が幻とイコールでないことをちゃんとわかっているって伝えながらじゃないとファンレターとかも書ける気がしなくて、たぶんこれは私の個人的なこだわりなのだと思います。

生身の人が舞台に立って、その「リアリティ」の力で宝塚という夢を完成させていると、見ていて何度も実感する。そこにある夢や幻がとても好きで、その非現実的なあり方に惹かれた私は、同時にその「リアリティ」の源にこそ本当は支えられているって思う。自分が見据えているのは幻だけでなく、その奥にある現実で、すべての夢が誰かの現実の研鑽と意識によるものなのだ。そうしてそんな夢を作り上げる舞台人に対してなら、現実の言葉として、現実を射止める真実の言葉として、「好き」と言える気がしたのです。その人のことを何も知らないけど、でも「その人に」伝えられる「好き」がそこからなら生まれると思えた。そこにこそ、私の言いたい「好き」があるって信じられたのです。

でも同時に、その人自身を私が知ることってきっと永遠にない、とも思っている。「あなたが好きだ」と思いながら、でも永遠に遠くて、永遠に違うところにいる。その人のことを知りたいとはどうしても思ってしまうけど、本当の本当に、生身のその人を好きになりたいのではない。たくさんのプロフィールを教えてほしいとも思わない。「かわいい」ってトーク番組を見ていて思ってしまうとき、それは大抵、その人があまりにも素に見えたり、心の壁がなくて肩の力が抜けていて、とてもリラックスして見えたりするとき。その人の「らしさ」がそのまま出ているように見えて、それが愛おしく思えたときだ。それは、その愛らしさで「好き」になるというより、そこに生身の人がいることをやっぱり信じていいのだと思えてほっとするからだと思う。私が好きなのは舞台の上にいるその人で、どこまでもそれは変わらない。でも「好き」と思うたび、その「好き」が向かう一人の人がいて、その生身の人のほうをちゃんと私は見ているのか、わからないなって不安になるから。そこにいるんだって実感できると嬉しいのだろう。

生身の人を知って、その人のことを幻より好きになりたい、とは少しも思わないけど、でも、「あなたが好きです」と思うとき、その言葉がまっすぐだといいなと願っている。幻だけを見て、その人自身がいることを忘れるのは嫌だ。なんにも個人的なことは公にしてくれなくていいけれど、何を思って何を考えているかなんて教えてほしいなんて言わないし、むしろ言いたくないことは全部言わずに済むような世界であってほしいと思うけど、私は「あなた」をまっすぐに見ていたい。「あなたが好き」は私にとってはどこまでも、「舞台が好き」と同義です。舞台は現実に生きる人が作るからこそ息づくもの。「現実」そのものが作り出す幻だからこそ、人はその幻に惹かれます。そんな舞台を私は愛している。惹かれて、好きになって、そこに裏打ちされた現実ごと「好き」だと、その現実の内実も、「あなた」のことも、何も知らないのに思えることが私は嬉しい。あなたが「舞台」そのものになっている瞬間があるっていうことだから。

（二〇二三年一月二十八日）

出した手紙よ、燃えてくれ。

手紙を出した直後の観劇はいつも、「あの手紙……今すぐ燃えてくれないかな……」という気持ちになる。自分が書いたことが「間違い」な気がして怖くなるのだ。話のことや役のこと、たくさん勝手に解釈して勝手に思い込んで書いてしまった気がする、大はずれだった気がする……とその人のお芝居を見ながら落ち込んで、いやこれは試験じゃないんだから、見えたものを見えたように書いたらいいんだよと思い直し、でも送っちゃったからぁ！　読む人がいるからぁ！　と「どうにか燃えて消失しないかな……」と願ってしまうのだ。

お芝居を見ているときの私はたぶんかなり複雑な状態にあって、その人自身が好きな気持ちとともに、その人が演じている役に没頭しようとする観劇好きの私と、お話として作品を楽しみたい物語好きの私と、それからその役をどう作り込んでいるかという演者さん自身の思考の蓄積に思いを馳せる私と、この役をこの人がやるんだっていう、配役の意図とかに思いを馳せる私、そういう本当にいろんな気持ちがないまぜになっている。好きになった最初はそれこそ役がすべてで、役こそが好きで、でもこの役を「生かす」ことができているのはこの人なのだと気付かされ、演者さんのファンになった。ただその後は、その人が演じるからこそその役を見て、その役のことを考えている。今の私はお芝居や役を純粋に見られているのかな、とたまに自分でも不安になるし、けれど、そうやってずっと最初からそこに重心を置いて見るからこそ気付くものもたくさんあり、結局やっぱり好きでよかったな、好きを起点にして見つめていてよかったなと思うんだ。

芝居は複数の人が登場して、その人たちの人生の交差点としてお話がある。主役だけでなく、そこにいる人たちは全員人生を持っており、それは小説でもなんでもそうなんだけど、演じる人がいるというのは、彼らがその「人生」を本当に持ちうる、ということなのだ。その役についてひたすら考えている人がいて、その人が差し出す一瞬がある。その積み重ねでお話ができているからこそ、一つの場面が交差点として立体的になっていくんだろう。広くすべてを見たり、見るべき場所としてライトで示されているところを見るのも観劇のやり方だけど、たぶん一人の人をじっと見るのも邪道でもなんでもなく、それはそれで一つの観劇体験だと思う。そして、そういう見方をしようと思えるのは、舞台のその人自身が好きだからであり、好きと思えることがきっかけで、舞台に対して違う見方ができることは誰に対しても申し訳なく思う必要はない、一つの幸福だと思ったりする。

手紙を書くときはだからどうしても、その人が好きでその人がいるからとその舞台を見に来た人間が、そのおかげで何を目撃できたのか、そこに誰がいたのかを、たくさん書いて伝えたくなってしまう。演じている本人にどう見えたか伝えるのって意味あるんだろうか……伝えなくてもご存知では……とたまに正気に戻りかけるのだけど、一人の役が確かにそこに存在していて、それを客席で「目撃」したように感じられたということが私は嬉しいし、人生の断片のようにその人のお芝居を拾えた瞬間こそが、その人が私にくれたものだから。偏った視点になっているとは思うけど、でも、一人の人を見守ることで芝居が立体的に感じられる瞬間が確かにあり、そのことをちゃんと伝えたいと思った。

好きと思ったら、その「好き」だけが満たされたらいいのかっていうと、本当はそんなことはなくて、その人のことは好きだけどやっぱり「舞台を作るその人」が私にとって特別で、ただその人が見られたら満足ってわけではないなと思う。やっぱり演じたり踊ったりしているその人を眺めているときに、「好き」でよかったと思う。その人の作るものを、より細部まで受け取れるのは私がその人を好きだからなんだ、「好き」はきっかけでしかなくて、好きを満たしたいからここにいるというより、好きをきっかけにしてはじめる観劇のその解像度の高さこそが私を充実させている。

見ているとき、ああ好きだなぁ〜という気持ちよりもっとメラメラと燃える闘志があるんです。好き！　生で見られて嬉しい！　とかじゃなくて（それもあるんですが）、その人が演じている役を１０００％受け止めることこそ我が使命！　という情熱で燃えてしまいます。もちろんただの思い込みだし、これは自分が物書きだからそう思うとかではなくて、たぶんそういうのは関係なく、ただファンとして「今、私は全力が求められているな」と思うのです。目の前の人たちが情熱を燃やしてそこにいるから、というのもある。そして私は舞台が好きだから。好き、と思えたなら、もっと穏やかな優しい「好きな人が元気でいてくれたらそれでいい……」みたいな気持ちになるのかなぁと思っていたのですが、そういう健康を祈る気持ちはありつつも、自分に対してはよりスパルタになっているのをひしひしと感じます。好きと思うならばその人が作り上げるものは、最大限の責任と覚悟を持って受け取らなければならない！　と、誰にも頼まれてないのに勝手に自分を追い詰めている。己の集中力を己で煽《あお》り、必死で舞台の細部を把握しようとするその時間が好きだ。なんのためにかはわからない。でも、それこそが楽しかったのです。

だから、「手紙に書いた解釈は間違ってたかも」と数回目の観劇で気づいたとき、焦ってしまう。間違ったことを送って申し訳ない！　というのもあるにはあるけど、それで相手がどう思うか、は本当はあまり関係ないのかもしれない。ただ解釈が簡単に揺らいでしまうことが、私は許せないというだけだ。舞台の上には、演者さんたちが芸を磨くために使った時間が幾重にも折り重なり、横たわっている。絶対にそこまでの熱さで私は立ち向かえないけど、でもできる限りの全力で客席にいたいと思うのだ。観劇は遊びじゃない。遊びだが、そう思い込むことで、私は自分の「好き」に立ち向かっているのかもしれない。そうじゃないとこの熱量の持って行き方がわからないのだ。好きだから、見ている。でも好きという気持ちを満たすためだけに見るのは退屈で、つまらない気がしてしまう。好きという感情によってさらに作品に深く潜れた方がいい、そうして「好き」によって人生が変わっていくのを、すべてが鮮やかになっていくのを、証明したいのかもしれないな。

好きな人ができてさらに面白くなる舞台じゃなきゃ、生で見る意味も私が誰かを好きになる意味もないみたいじゃないかって思っている。舞台は生身だ、私も生身。誰かを好きになれるような穏やかな心のまま、最大限の熱量でぶつかってやっと観劇だって私は思えるんだよ。全部勝手。勝手な私のこだわりです。ブログに公演の感想文を書いていて、それをあんな量よくやりますねと言われるけど、あのすべてはたぶん、私にとって炎にくべる薪《まき》なんだろうな。

宝塚はキャスト表に載っている役以外でも、群衆の中の一人とか、お店のお客さんとか、別の役をやる演者さんがとても多くて、好きな演者さんがそうした役をやっているのを見るのが私は好きです。そこで出てくる役って名前もセリフもないことが多いですが、だからこそ、じっと見ていると本当にその役の人生だけがその人の中に積み上がっているって思うことがある。一人一人が語られることのない「誰か」を作り上げている。人生があって、その断片を見せてもらえている。そこにいて、そして去っていくだけで。そんな人たちを見ていると、自分が作品にどれくらいの熱量で向き合うべきなのか、その上限なんてないなって思うのです。

芝居は、演者さんと演者さんのコミュニケーションでもあるけど、役と演者のコミュニケーションでもある。他の役と深く関わるわけではない人物が一瞬見せる表情が、その場面のためだけに作られたものではなくて、その人物の人生の中の一瞬として見えたときに、演者さん一人の中で起きている役との関わりを知ることができて嬉しくなる。そういうものに一つ一つ気づいていけることが楽しい。楽しいし、私はこのすべてを見届けないとだめだ、と思うのです。「好き」なら見られるだけで幸せなはずだが、でも幸せになるためだけに舞台を見てるんじゃないなって（自分でも何を言ってるんだ？　と思うけど）、思う。必死で、誰にも頼まれてないのに異様に真面目に観劇に取り組んで、そしてそういう気迫のある自分が好きだなぁと思っています。

気軽な趣味なんかいらないし、そうはならなくていいかな。いつまでも自己満足の中でやる気に満ちていたいな。何歳になっても、今日のこの日のために生きてきたと思える気迫で舞台が見たい。私は「好き」に満たされたいというより、「好き」に応えたいのだ。生きるってエネルギーが溢れることで、それをどこに向けたらいいのかいつも迷子になるから、こっちだよって教えてくれる「好き」な人たちが好き。私、これからも勝手に必死で、本気の観劇をし続けます。

（二〇二三年二月二十八日）

（今思うこと）

　同じ本気でいるはずなのに、なぜか今読むと新鮮に感じた。舞台そのものを預けられるというだけでなく、舞台人のその人のきらめきを、その瞬間を、受け取っているという気持ちで最近はいる。お芝居もそうだし、ショーもそうだし、光の中にその人が立つことそのものも、すべてが私にとって特別で、全力で見つめることこそがふさわしい。ずっと、その人がその瞬間にどれくらい美しかったかを言葉にしたいと今は思っている。真剣に愛だ。

何回見たって、一回だって、好きは好きだよ。

何回も見ることについて合理的な説明をしようとすればいくらでも説明ができるが、実際のところそんなことは少しも問題ではなくて、他人にあなたの観劇回数はまともですと言ってほしいわけでもなかった、それなのに、どうしてか、観劇について話していると、つい回数の話をしてしまう。自分がその公演を好きだという話をするとき、すぐ「何度も見てしまった」なんて言って、それは一番伝わりやすいからかもしれないし、ネタになりやすいからかもしれないが、的外れなことを言っているなぁって、自分でももうわかっているのだ。周りと比べて多かったり少なかったりしても、私の心情は何も変わらないし、自分基準でも、他の公演より多いから好きというのもまたちょっと違う気がしている。見たいから見ていて、見られないと辛いから見ていて、そこで目指している「満足」ってなんなんだろうなぁ……深く考えたくなくてそのあたりから目を逸らし続けている。

私が私を満たそうとすることは当たり前のことのはずなのに、自分の「好き」のために生きることと何かずれている気がしていた。自分でそこを捉えようとするのはとても難しいけど、何かを好きになることと、幸せになろうとすることはたぶん完全には一致していないのだろう。私は自分の「好き」という感情が本当に好きで、大切で、それをどこまでも自由にしてやりたい。けれど、好きであることを大切にしているだけでは、私は満たされないことがあるとわかってもいる。好きなだけでいいなら私が公演を満足するまで見られるかなんてどうでもいいことであるはずだ。好きな人たちが楽しく舞台に立てたらそれでいいはず。でもそうはならない。好きだからこそたくさん見たいと思うし、たくさん見ることそのものが「好き」の表れではないともうわかっている。わかっているまますそれ以上考えないようにしていた。「好き」を、言い訳にしてしまうのはいやだな、美しい感情を理由にしてこんな行動取ってるんじゃないよなぁ、見たいっていう願望は、本当に「好き」だからだけなのかなぁって、たまに思ってしまう。

「好き」を綺麗で純粋で無欲な気持ちだと思い込むからこんなふうに苦しくなる。特に、ファン心としての「好き」は、一方通行だからこそ、綺麗で純粋で無欲なものに濾過《ろか》していこうと必死になっている。これは礼儀として、相手は「好き」を受け止める仕事をしているのだから、その仕事の姿勢を理解していたいというのがあるのだと思う。「好き」を受け止める仕事ってとんでもない仕事だし、そういう仕事としてのあり方が好きだ。

よく考えれば私は、たぶん生身の普通の人をこんなふうには好きになりたくないのだ。普通に好きになると、好かれたいとか、独占欲とか湧いてしまって、そういうものが本当に私は嫌でしんどいし、それらから「好き」という気持ちを守ってくれるタレントさんのプロの仕事を尊敬している。以前、ツイッターで「スターは職業なんですよね。そういう仕事。存在そのものをファンタジーにして、人の「好き」を自由に解放する仕事。リアルな人間として見ていないことへの申し訳なさはあるけど、でもそれを踏《ふ》み躙《にじ》る行為だと恥じることは彼女たちに申し訳ないからしたくないし、消費という言葉には違うって言いたくなる」って書いた。好き、という気持ちの向こう側にあるドロドロしたものに踏み込まなくてもいい、そういう中でどこまでも「好きだなぁ」って思うことが許されるって本当にすごいことだと思う。人を応援することのこの一方通行なあり方がむしろ、愛情を楽なものにしていて、人を好きになることがこんなに簡単でいいのかな、ありがたいな、とよく思う。人は誰かを好きになるために生きているときがある、そうじゃないと無理なときがある。だから、どうしようもなくこの出会いは幸せなものだ。

私は感情が激しいタイプなので、人を好きになれることが本当にそれだけで嬉しく、でも、その「好き」という感情で自分がどんどん愚かになることや、他者に対して残酷になることが耐えられないので、こうした一方的な思い方を知ることができたのは幸運にも程があるのです。そしてだから、一人で完結した形ではあるけどこの「好き」にも熱狂が混ざっているなと察した時、少しだけゾッとする。一つずつ、どうして私は同じ作品を何回も見ているのか説明して、まるで熱狂ではないかのように言いくるめることはできるが、でもほんとは熱狂なのだと自分でもわかっているからそんな言い訳がしたくなるんだ。「推し活もいいけど自分の人生も大切にね！」

みたいな話を見かけるたびに、ずきずきしながら、わけのわからんことを言うな！　と言い返したくなる。「好き」より「私の人生」な人生なんてないのだ。それは絶対にそうなんだよ……。多くの人は誰かを愛したいし、でもそこに付随する様々な自分の暴力性や、「愛する権利」の問題について苦しむんだ。それが解放されて「好き」という感情をマラカスのように手に持っていくらでも振れるよとなったときに、その幸せな時間はあなたの人生の主題ではないはずだ、と言われても困る。それは困る。言いたいことはわかるけど、でも、本当に「人生の主題」じゃないのかな。そういうことを言う人は、その「好き」が一方通行だから言うんだろうか、相手はあなたを好きじゃないじゃんって言いたいんだろうか。でも一方通行だからこそいくらでも「好き」のマラカスを振れるんだよなぁ、だからこその幸福なんだよ。双方向でない「好き」は主題になり得ないと思っているなら、それはあまりにもさみしい考え方だと言いたくなる。

人生にはその主題以外にもたくさん考えなければならないことがあり、主題を存分に楽しめる場所ができたからと言ってそこだけでは生きていけないよ、とそう言ってほしいと、勝手に願ってしまう。賢く生きろ、効率的に生きろ、と言われたら、もっと私は「うん」って言える。

私は、「好き」を無欲で純粋なものだと思いたいし、実際そうだと信じている。そういう側面が確かにあり、それは私を助けてくれている。だから、私はそうではない自分の言い訳に「好き」を使いたくはない。「好き」のためだけには生きられない、とわかったときぞっとして、怖くなるけれど。でも、怖くなってしかるべき、だとも思っている。

好きなその人をちゃんと冷静に応援できているのか、礼儀を尽くせているのか、そういう部分でいつまでも不安でいたい。自分の「好き」に、慣れたくないなと思う。回数のこともたぶん地続きなのだ。自分の欲求のために行動してるって、自覚していたい。どんなに一方通行的で、えぐみをなくして「好き」をきれいなままで保てるんだと言っても、好きなら見に行きたくて、できれば何度も見たくて、好きというだけでなく、きっとそこに熱狂はあり、そのコントロール不能な部分につきあたるたびに、自分が「好き」を汚している気がして心配になる。私は、私のためにその人たちを好きなので、私が私のために行動するのは当たり前のことだけど、でも一方的に「好き」でいられることこそが幸福の根っこにあるとも知っている。そうした形の「好き」を可能にしてくれた、そんな作業を仕事としている人たちにせめて失礼はしたくないって思うのだ。あの人たちの仕事はとてつもなく繊細なもので、はっきり書いてしまうと危ういとも思う。でもその仕事で救えるものは無数にあって、だから私は、あの人たちがこの仕事を選ばなきゃよかったと思うようなきっかけにはなりたくない。自分のために好きだし、その人たちのためだけに生きることはきっとずっとできないけど、でもそこだけは自己満足でも常に守っていたいなと思う。

たくさん見ることとか、そういうのが私にとってすっきりすることじゃないのは、それは「好き」そのものの行動とは違って「私」が強く出てくることだからだろう。「好き」をきれいな水で洗ってもらって、それを貫けるようにしてもらったからには、その「好き」をできるだけ汚さずにいたい。私は公演を見たくて見ていて、自分のために行動している。「好き」だからじゃないよ。「何回も見るなんて大好きなんですね」と言われると、うっかり、何回だろうが一回だろうが大好きだよ!! と叫びたくなる。何回も見るのは、私が往生際《おうじょうぎわ》が悪いからで、自分の記憶力を信用してないから。私はいつまでも私のためだけにこんな観劇をしたいなって思う。

推しだけでなく人生も大切に、という言葉はいつも意味がわからないです、人生を大切にしすぎてしまっていてむしろ怖くて仕方がないんだよ。「推し」のこと全然見られてない。好きってまっすぐに思えることは人生の宝物で、それ以上何があるっていうんだろう? そして、その「好き」はあの人たちのためにあるのではなく私のためにある感情なんだ。いつもそれを抱えて人生を爆走している。好きな人たちのためだけに生きるのではなくて、私は私を幸福にしているだけ。超情けない! ってたまに思う。思うけど、やっぱり私は幸せが楽しくて、幸せを目指し続けてしまいます。せめて、自分のそんな身勝手さの言い訳に「好き」を使わないで済ませられたらいいな。「好き」をいつまでも、好きな人の幸福を祈る気持ちにしておきたいな。とっても好きだ、と思えたときに人生が始まる。その人生を今は爆走している。勝手に。もらった「好き」にできるだけ指紋をつけないようにして、抱えながら、私は、私のために走る。

（二〇二三年三月三十日）

(今思うこと)

誰かを応援することは一方通行です。自己満足だとも言いたくなるし、そうやって言うことで、自分が身勝手な存在でしかないことを何度も自分に言い聞かせている。この原稿はまさにそんな「言い聞かせ」のものだけど、でも同時に、本当は、「あなたの幸せを祈っている」でしかない「好き」が真ん中にあって、舞台をたくさん見たいという願いはあるにはあるけど、めちゃめちゃ強くあるけど、それが一番ではなかったりもする。あなたが好きだ、と思うときって、なんだかその「好きだ」という感情がすこしでもあの人にとって、嬉しいもの、光るものであってほしいと願うというか……。それを差し出して、それを応援とするしかないから、その気持ちをどこまでも澄んだきれいなものにしていたい。どこまでもその人にまっすぐに向けていたいんです。好きであることは自己満足だけど、でも、そうやって諦めずにいること、自分の好意のきらめきを差し出すことを無意味だと思わずにいることは、何よりも大切だと思う。あなたを好きであることが私は誇らしく、そう思えることが幸せで、あなたにこの気持ちを堂々と伝えていきたい。

同担、拒まないけど。

人と話すのは苦手だけれど、宝塚が好きな人とは話しやすい。それは「仲良くなれる」とは少し違っていて、むしろ踏み込んではいけないところがある程度わかるから、というのが大きいのかも、と思う。応援している人が同じかどうかはあまり関係なくて、「誰々を好き」より「誰かを好き」で繋がっている気がするし、本当は「仲間」を探しているのではないのかもしれない。舞台が好きで、舞台の上に好きだなぁと思う人がいる、というのさえあれば、それ以外は何も同じでなくていい。というより、同じでない方がうっかり踏み込んでしまうことも減るし、そこに安心を求めてもいる。

好きなものがあると人付き合いが少し器用になるなと思う。どのように好きかとか、好きという気持ちがどんなことを引き起こすかとか、そんなことは少しも共有できなくて、私自身、他者の気持ちに共感できる自信はそんなにないし、すべてをぶつけて聞いてもらいたいわけでもなく、ただお互いに相手が好きな出演者が出ている公演や、好きな組の話を持ちかけ、自分が話したいことより、相手が話したいことを話すきっかけになる言葉を探している。宝塚が好きな人と話していると、自分がいつも全然できない「ほどほどの会話」が突然できていることに気づいて驚く。相手に深いことを聞きすぎず、でもその人が話しやすいことを聞く、ということ。たぶんだけど、人は、心の奥深くにしまっていることをさらけ出すことで親しみを覚えたり信頼を勝ち得たりするなんてことはそうなくて、むしろそういうものをずっと自分だけのものにしておける時間を求めている。少なくとも、私はそう。なんでなにもかもを聞かれなきゃいけないんだろう、とか、なんでこの人はこんなにも内面に渦巻くものを垂れ流すことを「正直になること」だと思い込んでいるんだろう、とか、私はこれまでよく考えてしまっていた。それはたぶん、互いが心の中にしまい込んでるものがどれほど大事なことなのかわかっていないからなんだ。中身がどんなものか知らないからこそ、ではあるけれど、何かを好きであるなら、中身がわからなくてもその大切さだけはわかる。当たり前に相手の「話さない」を尊重しようとする私がいて、相手がいて、人付き合いってこんなに簡単だったんだなぁと何度も思った。何も知らないころ想像していた「オタク仲間」とは全然違っている。

「好き」という感情をもとに、同じ気持ちの人と友達になりたいとはあまり思わないんです。そうではない人もきっと多いのだろうけれど、私は「好き」はやっぱりどうしようもなく孤独な気持ちだと思うし、自分がその人を好きだと思う話を、第三者に聞いてもらってもそれは別にあまり意味をなさないと思ってしまう。話したいこともあるけれど、「好き」そのものの感情はその人にしか向いていないから、別の誰かに話したくはない。この舞台のこういうところが素敵だったから見てほしいですとか、そんな気持ちはあるけれど、でも結局その人宛のファンレターにしか書けないことはたくさんあるし、そこにさえ書かないことだってたくさんある。最初から「好き」には目的がなくて、そう思えたことが既にゴールで、私の中にしかないもので、いつも一人きりの感情なのだ。それをできるだけ汚さずにそのまま大事にその気持ちが自分のエネルギー源であり続けることを祈って、走り続けるしかない。そして少しだけ相手にとっても、頑張るきっかけになる光になれたらそんな嬉しいことはないって思っている。だから本当は誰にも話したくなくて、でも別に黙っていられるわけではなく、ずっと気持ちに整理がつかないから混乱しているし、混乱の中でどんどん息苦しくなるときに、苦しさを垂れ流すことはできないけど、その代わり、嬉しい！　楽しい！　みたいな気持ちの部分を誰かと話して抽出していきたいのだと思う。好きってしんどくないですか？　すこしもそんな苦しさはないって人が多いのかな？　私はたまにとてもしんどいのだけど、黙っているとそのしんどさばかりに目が奪われるから、だから誰かと話して、楽しかったことを砂金みたいに「好き」の河から取り出して、きらきらだ！　って眺めている。楽しい！　も確かにあるのだ、それだけになれないだけで。でも一人だとたぶん、ずっと考えてしまうのだろう。

同担拒否とかいう言葉はよくわからなくて、というより、この言葉自体、使う人によって印象も意味も違っていて、この言葉を軸に自分のことを考えることは難しいなとよく思う。ただみんなで一つの「好き」を作って、一人の人を応援する感覚にはなったことがなかった。「好き」なんて自分でもどんな感情かわからないし、他人の感情はまた別物で余計にわかるわけもない、「同じ」かどうか確かめようがないって気がする。一緒だねって話してしまうことで、そうやって一つの「好き」に揃えていくことで、個人的な、曖昧でこまかな「好き」の枝葉を忘れてしまうならそれだけは避けたいと思うし、それは相手のためでもなんでもなくて、私が私のためにその人を好きになっているから。私はその自分の感情を、よくわからない部分があっても全部、捨てずに、忘れずにいたいと思っている。「好き」は私の中で完結している、私のために生まれて私の中で咲いている。だから、私がすべてを覚えていたいんだ。

私は、宝塚が好きな人と話すのが好きです。一人で自分の全部の「好き」に向き合っていると、たまによくわからなくなる、そしてしんどい気がしてしまう。でも誰かがこの答えを持っているとも思わなくて、話したら答えが見つかるとも期待していなくて、そうではなくて、ただ目の前にいる人がどんなふうに宝塚を楽しんでいるかとか、嬉しい気持ちになったかを聞いて、私も「好き」の海の底から、遠くの海面にある揺らぎや光のつぶを見上げて、眺めていたいだけなのだ。宝塚が好きな人同士で話すとき、できるだけ私は明るいことしか言わない。それは嘘をついているわけでもないし、全部の「好き」をそのまま他人に聞いてもらわないのは、警戒しているとか、同じ人が好きな人が苦手とかではなくて、私は私の好きのしんどさを、本当は癒やしたくないからだ。癒やさずに、それでも好きの素晴らしさを手元できらきらさせていたい。海の底にいることもあるけれど、底にいること自体はそんな悲観していないのです。この海の水全部が大切で、「好き」に関係する感情は全部忘れずにいたいって思う。私にとってはそれすべてで「好き」だから。そして、私一人にしか見えない海だってこともよくわかっているのだ。誰かを応援することは孤独なことです。でもそれがしたいです。好きだから。何も誤魔化さずに、打ち消さずに、孤独なままで突き進みたい。そのまっすぐさを、見失わないために誰かと希望の話をし続けている。

(二〇二三年四月二十九日)

（今思うこと）

誰かを応援することが遊びなわけがないんですよ、と書いたことがあるが、もう本当にそうで、私は真剣でいたいのだと思う。他者と話すことでその真剣さを少し緩めて、わかってもらえるようにぬるくするのも嫌だし、かといって自分が真剣であることを他者に認めてもらいたくもないし、知られたくない。なんかずっと自分に対して「まっすぐですか？　誠実ですか？　誇りがありますか？」って尋ねており、それで十分だった。自分の「好き」に対してはそれで十分だった。人と話すのは今も好きだけど、それより手紙を書くのが好きです。その人へ自分の気持ちを書くときに、私は一番自分がまっすぐになると思うから。

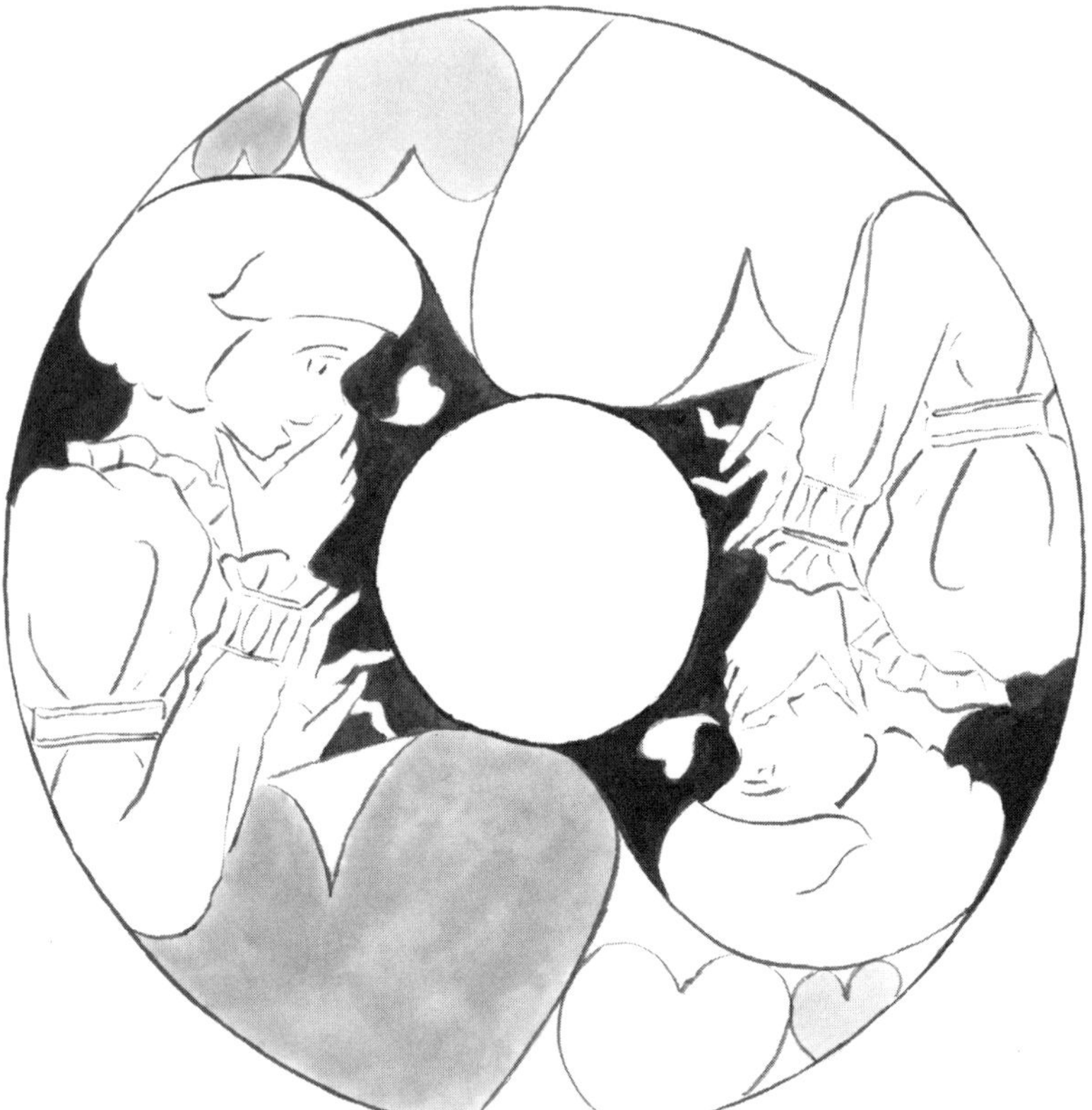

全ての出会いが最良のタイミング

もっと早く出会っておけばと思うことはあっても、同時に必ず、あのときに出会ったのがきっと最良だったんだ、とも思う。早くに出会えば見られる公演数も多いのだから、それが一番いいような気も確かにするけれど、やっぱり、初めて見たその人が「あの公演のあの役」だったという事実は、自分がそのジャンルに出会うタイミングによって生み出された、私だけの奇跡なんだ。どうせハマるなら早くに知った方がいい、という話を聞くたびに、ある側面では確かにそうかもしれないけど、でも、ほんとはいつだっていいんじゃないかなぁって考えてしまう。子供のころから宝塚を見ている、というのはとても素敵だ、そして大人になってからでも定年退職後でも変わらず、同じくらい素敵だと思う。出会うタイミングはみんな一つしか選べない。そしてそれはどれもが最高で他に変えられるものではないはず。無限にある宝石から、運命が、一つを選んでる。どれが一番いいかなんて別にないはずだ。

出会えるってそれだけで素晴らしく、タイミングはどんなタイミングでも、そのときにしかない唯一無二の巡り合いがあるという点で、特別だ。私はここ数年で宝塚を好きになったから、今応援してる人の新人公演や若手時代を見られたことはない。やっぱり実際に見た人が羨ましいな〜と思うことは多いけど、同じくらい、今このときに出会っていなかったら、私はこんなドラマティックな形でこの人を好きになったかはわからないな、とも思う。どんな巡り合わせでもどんなタイミングでも絶対に同じ人を好きになった！　というのはロマンチックだし、ものすごく好きだ、という気持ちの証明にもなる気がして、ついそんな言い方をしたくなるけれど、でもあの公演のあの役のあの瞬間が私は大好きで、あのとき、私はこの人を初めて知って、それから全てが変わったんだという事実は、どんな「いつであろうが好きになった」よりも強くて、きらめいていると感じる。その事実こそが強固であることを、本当に全てが変わってしまった私だけが知っている。あの日の出会いは、私の人生のいつまでも消えることのない一場面で、私のこれまでの人生とも確実に繋がっている。単独では捉えられない出来事なんだ。きっと、この作品だったからとかこの役だったからとかだけでなく、あの日の私だったから、というのもとても大きいはずだ。あの日の私の感性だったから、あの日までの私の日々があったから、私の人生はその瞬間に変わった。そのタイミングでなくても同じように好きになった、とは言えないし、私が私という人じゃなくてもその人を好きになったとも言えない。私は私だったから、この人が好きになった。そして、それこそが、その人への最大の愛情だと思う。私の歩んできた人生の全てがその瞬間の感情の伏線になっている。永遠や絶対を約束するより、それは私だけの本当になる。私の全てで証明した愛情になるんだ。全て、一期一会《いちごいちえ》です。今の私じゃないと、今の「好き」はない。今の私にしか生まれ得ない感情だからこそ、この「好き」を、私は信じられるんだ。

人のファンになるって難しくて、素敵だと思う理由はその人の技術や能力にあるのだし、だからどう出会ってもきっとその人を素敵だと思っただろうな〜とは私も思う。過去の映像だってやっぱり好きだなぁと思って見るし、現地で見たかったなぁと思うことはたくさんある。でも、自分が揺さぶられるような、生き方そのものが変わるような出会いになるかは、それだけじゃわからない。タイムマシンがあって、好きになった今、遡って見に行けるならそれが最良だろうなぁ。当時の私は、今の私と同じ反応をするとは思えない。この感情は今の私だけのものだと思いたい。そのほうが、本当だと信じられるから。過去の私に今の私の気持ちがわかるわけがないんだよな。

ものすごく好きだと、こんなに好きだと思わせてくれるこの人は素晴らしい技術や才能の持ち主だ、と思いたくなり、実際それはそうなんだけれど、気持ちとして爆発的になっているものを全て相手の絶対的評価に変えていくのはそれでもなんだかもったいないな、と感じる。その人が素晴らしいから、だからその人を好きになった、というのはそれはそうなんだけど、でもそれだけではないというか……私は機械的に人を審査して一番客観的に優れている、と思った人を好きになるわけではないし（そんな単純なら、もっといろんなことが楽になっていただろうな）。「好き」と「評価」は違っていて、そりゃもちろん素晴らしい技術だなぁと好きな人に対して思うことは多々あるし、私の「好き」は評価と無関係なわけではないのだけど、でも、「好き」はもっともっと私に関係するもので、私の勝手な感情なんだ。脳裏に焼き付いて消えない一瞬をその人からもらった。いつまでも忘れられないから、誰かと比べてとかではなくてその人しかこの世にはいないようなそんな錯覚があるから、だから「すごく好きだ！」って思う。「焼き付いた」はその人の鮮烈さがもたらしたものでもあるけど、私の人生が導いたもの、そのタイミングでその場でその方角を見ていたからこそ、のものでもある。太陽の光が焼き付く、そのスクリーンは私が用意した人生。私の心がその準備を終えていたから、そこではっきりと全てが永遠に残されたんだ。

「素晴らしいから」が全てなら、私だけでなく同じ公演を見た人はみんな同じ感情になるはずで。でも実際はそうはならないし、そうならないからこそ、私はこの気持ちが好きですごく大切にしている。私は私だけの感情としてこんなきらめいたものをもらったから、嬉しかった。私がここまで生きてきたことの意味さえ教えてくれるものだった。だから私は絶対に、このありかたの方がとてつもない奇跡だって思っている。絶対的に客観的に素晴らしいんだとその人を評価できることよりも、私の人生があって、私がこの席に座ってその人を見た瞬間が、どんな説明も必要ないくらい圧倒的に輝いて、ここにいてよかったと人生丸ごと肯定されたように感じることの方が、私にとっては重要なのだ。そんな瞬間を生み出せるその人のことが、世界で一番素敵だと思える。そして、舞台はそういう瞬間を作れるから、美しいんだ。生で見るものであり、席によって見える景色も違う。いつだって、見に来たその人がそこにいたから生まれた景色が、その人に流れ込んでいく。その人だから生まれた感情しか、そこにはない。ただ「素晴らしい」と感動させるのではなくて、見るその人の人生をいつも舞台は巻き込んでいる。だからこそ、人生を変える瞬間が生まれていくんだろうと思う。

「好き!!」と心が叫んだなら、疑いようがないほどにそのときが最良だったんだと私は思う。もっと早くに出会っていたらこうはならない、遅くてもこうはならない。絶対に今の私にしか生まれ得ない感情として「好き」がある。今ではなく違うタイミングに出会いたかったとは思わなくて、タイムマシンがあれば今から過去に遡りたいなぁと思うだけ。私があなたに出会えたこのタイミングを私は人生の最大の正解だと思っている。もう、何も、怖くないんだよな。好きという感情はその瞬間の自分、そしてそこに至るまでの私を全て肯定するような力があります。ここまで生きてきた理由がわかるような、何もかもが必然に思えるような。誰かを好きになれたなら、その瞬間が絶対に最良となる。人生そのものが、その最良のためにあったものになる。後悔が、一気に消えていくよ。遅すぎるも早すぎるも、「好き」には絶対起こり得ない。

（二〇二三年五月二十七日）

（今思うこと）

好きでいる限り、好きと思う期間が延《の》びていくほど、思い出は無数になって、出会いのタイミングも今が今であることも、絶対に覆《くつがえ》したくない唯一のものになる。人と人の出会いは、出会ったその後の日々によって何ものにも代え難いものに、本当になるのであり、宝石を磨いていくことに似ている。好きでいることがその出会いを特別にしていく。ただ、最近はその人のその時の舞台を見て、ああこの人にここで初めて出会っても、私はその人のことが好きになっただろうな、と思うことが繰り返し起きて、それもとても幸せなことだった。出会いは最良で、でもそれがピークではなく、出会いはただ、庭に一番最初に咲いた花。それから次第に花は咲いていき、どんどん満開になっていく。昔の映像を見てああ素敵だ、この時に見たかったなと思う時も、また花が咲いているのだろう。もしかしたらその時に出会っても好きになってたんじゃないの？　と正直、最近は思います。その人の新しい公演を見るたびに花が咲くから。でも、最初にあの作品だった、という事実は、私の変わらない宝物です。

目が合ったと断言したい

舞台のあの人と目が合った！　とか、そういうの、「錯覚かもしれないのですが……」と付け加えたくなる私と、いやあれは目が合いましたよ！　と自分の躊躇を後ろから羽交《はが》い締《じ》めにして叫びたくなる私もいて、もうこれは私の心と気合《きあい》の勝負ではないかとたまに考える。

目線のこと。私は舞台を見に来ているのだし目が合うとかそういうことが観劇のすべてではない……という気持ちもたしかにあるはずなのに、目が合ってるときのその役が急激に特別なリアリティを持つあの威力はとてつもなくて、特にその物語や役やそして演じている人に思い入れがあると、目から入ってきた情報でそのまま脳が焼き切れてしまいそうな感覚になるんです。おかげで、目が合った日には観劇後本当にその話しかできなくなる感じがして、「目線が！　すべてだと！　思ってるみたいになってる……！」と自分でもいやになってくるし、そもそも人にこのことを話そうとしようものなら「目が合った……気がしたんですけど」とか「錯覚、なんですけど」を付け足してしまい、私は脳まで焼き切れておいて何を今更濁しているんだろう……と自分にうんざりもする。目が合ったんなら合ったんだよ、焼け切れた脳が証拠！　と思いながら、そう言い切れないのは、自分が舞台という場に期待していた以上のものを受け取ってしまったことへの動揺ゆえなのかな。この原稿はなぜ、私は、目が合ったときにそう断言できないのか、ということを考える原稿です。考えなくてもいいことを考えてる気がする。

目が合うことで舞台が本当の意味で「生」だと知る、みたいな感覚はある。目が合っているときにその人が言ったセリフというのはとてもとても耳にこびりつく。だって、目が合った状態で言われているのだ。反射的にそれは私の中で「自分に投げかけられた言葉」として認識されるし、どうしたって重さが変わる。そんなことがすべてだとは思わないし、もしかしたら作品を純粋に楽しむには自分が透明人間になったほうがいいのでは、とも思うけど「物語」でも「演技」でもなく、「舞台」という場を楽しむならどうやっても、この息遣いのある場所に自分も参加することが大切な気もしている。

たぶん舞台が生であること、目が合うこと、目が合うことで舞台の見え方がより生々しくなって自分の中で響くことは私にとってまっとうな「鑑賞」であり、けれど、そこで目が合う人がものすごく好きな人である場合、「好きだから嬉しい！」の感情が脳の裏側で爆発してしまい、鑑賞なんだか愛情なんだかわからなくなるから、その後それを思い出として語ることに気がひけるのだろうなぁと思います。はしゃいでいる自分というものを押し殺して、舞台の感想を述べようとする間、なんだか自分は今「まじめなファン」を演じている、それはとてもうわべだな……と思う。好きな人と目が合って、嬉しくないわけがないよなぁ……、それはそうなんだもんなぁ。

舞台を見ているとき「舞台が好き」と「この人が好き」がいつも両方あり、そこをどうしてかちゃんと白黒つけなきゃいけないと思い込んでいて。なんのためにそんな堅苦しい制限を自分に設けているんだろう、とこういうときは思う。観劇に「この人を好きだ」という気持ちを持ち込んではならないなんてそんなことはないし、生身の人が演じるからこそ、その人を目で追うからこそ見える「舞台」というものもある。そうやって生身で、自分の感情で見ることができる舞台が私は好きなはずなのに、たまにその主観的な見つめ方に申し訳なさを感じてしまう。きっと、自分がその人を好きだということより、舞台を作品として受け止めたときの感想の方が、舞台の上の人は聞きたいんじゃないかと思ってるから……かなぁと思います。私は「好き」という感情も舞台への感想も持っているけれど、自分の「好き」はいつも私の心のために生まれて息づいている気がして、「この人のためにある」とは捉えられなくて、あんまり伝えていいと思えてないのかもしれない。自分の感情の根っこの部分すぎて伝えるのが怖い、というのもある。勝手に好きでいる、ということに申し訳なさも少なからずあるのかもしれません。

目が合うとかそういう話をいつのまにか誰にもしなくなっていた。目が合った、と断言しようとするとき、好きな人に関してはそう断言すること、そしてそれを他人に話すことで、自分が何かに満たされてしまう気もして、それがなんだか自分の気持ちとずれすぎていて、その矛盾《むじゅん》に耐えられなくて、確信してたって「幻覚かも」とつけくわえたくなるし、そう言っているうちに本当に幻だったような気がしてきてしまうから。何も言わずにいる方がマシだ。本当はすごくはしゃいでいるはずだけど、誰かに向けてはしゃぎはじめたら、「はしゃぐ自分」がはっきり見えて、それが本当に「どこまで自分を占めてる感情」なのかわからなくなりそうで怖い。そして、その瞬間の出来事を誰にも話さない限り、自分の感情とも別個で、目が合ったそのときの記憶を残していける気がする。

でも、それでも、ファンレターには書いてしまうんですよね。もはや唯一そのことを話せるのが目が合った本人だけになっている。そして本人に書くときは、「気のせいだと思うんですが！」は絶対に言ってはならない気がして（客席を見るのも彼女たちの仕事だから）、断言を断言のままにして送るしかなく、でもそれが、自分の中でちょうどいいのだ。その流れで私はちゃんとその人に向けての「好き」を正直に書けている気がするのです。

相手にとって自分の「好き」が価値があるかどうかなんて私が知りたがってもしょうがないのであり、もちろん相手にそれを保証してほしいなんて思うわけにもいかない。無限の愛は相手が手を差し出していなくても、それでもそこに垂れ流していけばいいだけなんだ、本当は最初からわかっている。受け取るかどうかを心の底から相手に任せて、そこに不安を抱かずにただ伝え続けることができるなら、それが一番だよなぁと、目が合った日があって嬉しかったんです、と書いているときに思う。目が合って嬉しかったんです、なんてものすごく告白だよなぁ。好きです、って書けるなんて嬉しいな。自分の勇気と、何より相手が誇り高い舞台人であることに、こういう日、こんな手紙を書く日、いつもとてつもなく感謝をしている。

（二〇二三年六月二十四日）

（今思うこと）

　このときの私は本当にまだいろんなことが悩みながらであったため、芝居の話だけしているけれど、ショーがあるんだなぁ、宝塚は。ショーで目が合うときのことを書けなかったのか、書かなかったのか。でもたぶん目が合うことでその人のことが好きだっていう気持ちに一番のまれるのってショーで、そのときに私は、「その人が好き！」って気持ちで一番頭がいっぱいになるのが不純な気がしていたのだろう。そして今は不純とも思わない。好きだし、目が合うと嬉しいし、そして目が合って嬉しい！　という気持ちは実はそれで完結していなくて、目が合うその瞬間の、場面を魅せるその人のパフォーマンスとか、表情とか、そういう表現の結晶として、心がスパークするような体験をその人がくれるから、私はそのすべてを宝物だと思って大切にしているのだ。その人のことをどれほど好きになっても、その人は私の「好き」を超えるレベルで、その瞬間に素晴らしいものを見せてくれる。好きだから見ていて、好きだからときめく、のではなくて、その範囲を超えたものをくれるから、そしてそれは「好き」だからこそ受け取れるものでもあり、私はそのことがずっとずっと嬉しかった。

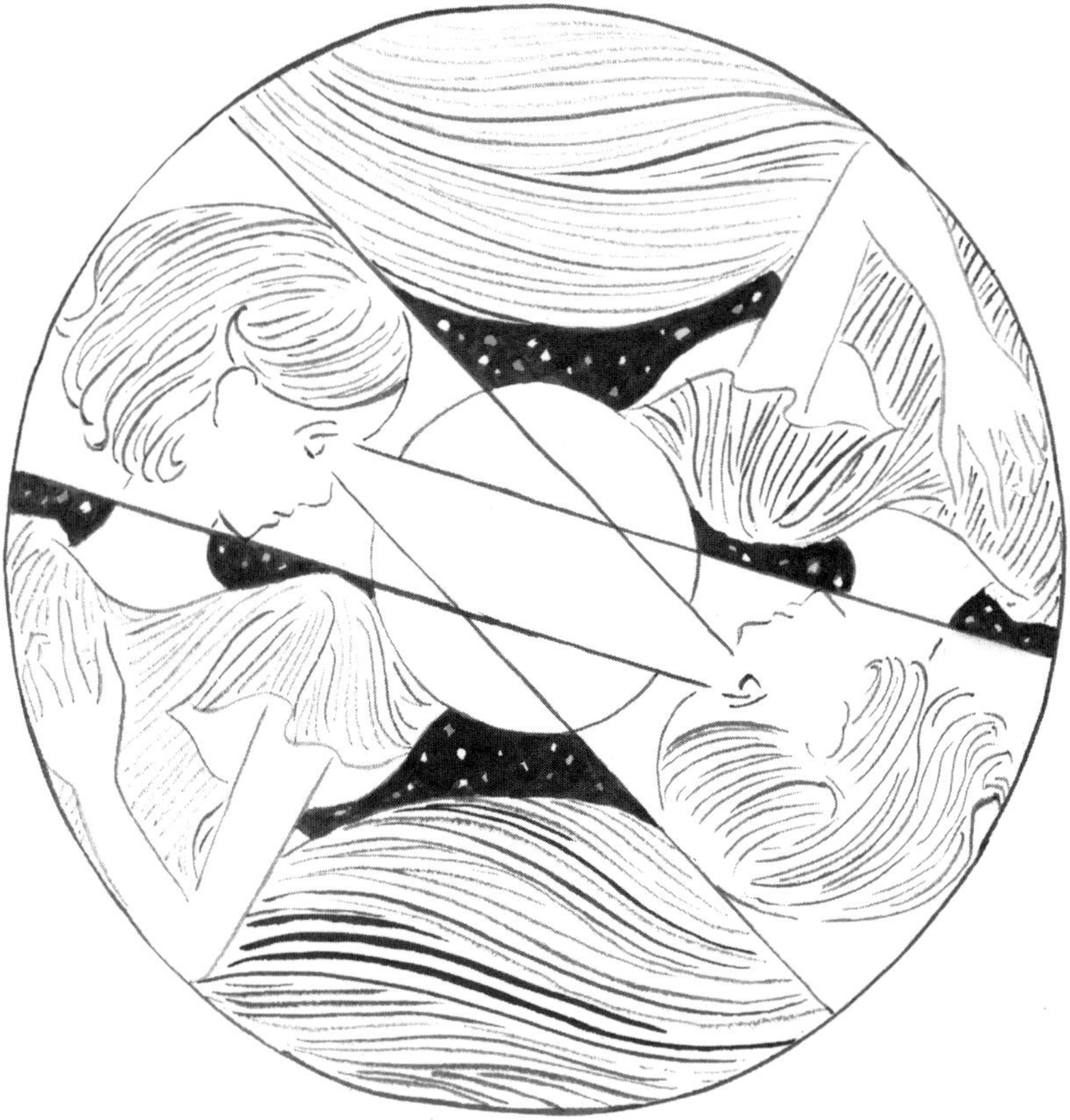

休演のこと

先月、応援している人が休演してしまって、もうどうしたらいいのかわからなかった。心配だし祈るしかないし、本当にその人を思いやるだけの、それだけの気持ちになりたいのに、ひたすらに悲しかったのも事実で、この悲しいって感覚をどうしたらいいのかわからなくて。今思えば悲しくて当たり前なのだけど、それでもどうしても悲しいとは思いたくなくて、思いたくないというその意固地な感覚が、すごく間違っている気もして落ち込んでいた。

舞台は生のものであるし、出演者が出られなくなることはあって普通のことで、その人ができる限り早く舞台に戻ってこられますように、と強く願っている（一週間後無事復帰されたのでよかった！　うれしい！）。本当に舞台の仕事は、身体とその健康状態がものすごく重要で、物書きの仕事をしている私は自分の身体が仕事に結びついていると思うことはほぼないが、舞台の人たちはその真逆の世界にいる、とよく感じる。だから、とにかく彼女たちが選んだ道にそのまま戻ってこられることが大切で、止まってしまうこととか、休んでしまうこととかは、それに比べたらただただ「しかたのないこと」で終わるのであり、あのころ私は休演者たちが無事に戻ってこられますようにとひたすらに願っていた。

今回のことの理由は公表されていないのだけど、他の舞台が感染症を理由に中止になるのを見かけるたび、本当に、舞台の人にとって安心して道を進んでいくことがとても困難な時代になってしまったなぁ、って思う。何もかもひたすら積み重ねていくことでしか進めないときって人にはあり、才能だとか天賦《てんぷ》のものとか、いろいろ言われるけれど、書き続けなきゃうまく書けないし、踊り続けなきゃうまく踊れないし、歌い続けなきゃうまく歌えないのだ。そんなのは当たり前のことで、人が、他者の身体表現に胸を打たれるときに感じる尊さは、その表現の素晴らしさを、その人の「人生」の厚みと共に受け取れるからこそのものなんじゃないか、って思う。自分が決めた道をずっとなぞること、作る・表すという作業を重ねていくことでしか出てこない答えというのはあって、けれど、その「続ける」ということが、それを決意して選ぶだけじゃ（それだけでもとても大変で、人生を選び取ることなのに）もはや貫けなくなっている。その人の覚悟とは関係ないところで、静かな歩みを阻害されたり、歪められたりすることが、私は見てるだけでも耐えられない。本当にそんな日々が早く終わればいいのに……と思う。これは単なるファンとしてというより、ものを作る人間として、いくらなんでもあんまりだと思うから。何かを表現する人の多くは、いつも自分が自分ではない何かになっていく感覚と共にあり、「夢」そのものを自分が見ること、そこにとてつもなく誠実で正直であり続け、すべてを懸《か》けていくことが当たり前に求められているのかなと感じる（舞台も執筆も）。たとえ辛いことやうまくいかないことが多くあっても、その日々に、生きていく清々《すがすが》しさや、楽しさを感じる瞬間がある人が、ずっと走り抜けていくのかなって。私はそうした世界の人たちが好きだし、私もそういう世界の人だし、せめてすべての作り手や表現者の「道」にある霧は晴れてくれよと思っている。

休演はだからいつもまた戻ってこられるように、道が続くようにという願いが大きくて、それが本当に第一で、すべてで。でも、ただ好きだから、見たいよなぁ……さみしいな、というのはあり、その感覚って本当にどうしたらいいんだろう。その人が休演されているときのチケットも取っていたし、幕が上がることはとてもめでたいことだからもちろん見に行ったけれど、さみしさはすごかったです。好きな人が、いたところにいない、というのはやはりとてもショックだし、それくらい私はその人が好きなんだなぁと実感もした。代役の人たちがみんなすごい……と思うし、幕が上がって本当に良かったと感じながら、でも悲しいは悲しいです。当たり前のことですが。そりゃ好きだからね！　悲しいですよ……。でもこの悲しいという気持ちが責任感の強い舞台の人たちに突き刺さるものだったら絶対にいやだな……と思って、どうしたらいいのかわからなくなる。というか、そういう意味での悲しいではないし……。嘆くのも違うのかなと黙りそうにもなり、それはそれで嘘なような気がした。こういうことは起こり得るのが舞台だと思う。無茶をしてほしいとは絶対に思わないし、またその人がその人の選んだ道に戻れたらいいと願っているから、それまではそのための最善の選択がただとられてほしい。しょうがないこと、どうしようもないことが起きる世界だからこそ、ガーンってなってしまうファンが出てしまうのもある意味しょうがなくて、そこは気にしないでと思うが、気にしないでと言って気にしない人はあんな世界にあんな長いこといるんだろうか……とも思う。でも、そうしたどうしても湧く気持ちとしての「責任感」はあの人たちにあるのかも、と想像しながら、それでも私は、こういう時のファンの悲しみは、演者の人たちに責任があることでは絶対にないって思う。ファンだからそう思うとかではなく、本当にそこは一切関係がないって、今は考えている。すごく好きだから、待たなければならないタイミングなのに淡々とは待てなくて、悲しくてさみしい、というだけ。愛情を持て余して、そして大して心が強くないから、悲しくなってしまうだけだ。責任を感じさせたくないから悲しみたくない、悲しいと言わないようにする、というのもだからきっと違っていて、私は、私の中で完結した悲しみをいつまでも自分の中で完結したものとして抱えていればいいのだと、だんだんと思うようになっていった。私の悲しみに、私はちゃんと優しくいたい。私の悲しみはすべて、「あの人が戻ってくるのが待ち遠しい」という気持ちの表れなんだということを見失わずにいたら、それが一番なような気がした。

休演中ずっとその人宛に手紙を送っていたけれど、観劇のあと悩んだ末に、いなくてさみしかったし、やっぱり舞台にはあなたが必要です、いつまでも待ってます、と書いた。応援しているその人の強さを、信じることしかできない。自分の悲しみが相手に苦しみを与えるかも、なんて思わずに、こちらが届けたい「愛情」のほうを見てくれる、そういう強い人だと信じるしかなくて、そして、心から信じられるからそう書いた。こんなときでもその人の「舞台人としての誇り高さ」に救われているな、と書いていて思った。

「伝える」という作業に一度入れば、悲しみは隠したり誤魔化したりする必要もなく、当たり前に祈りの言葉に変わっていく。悲しみが澄んで、その根っこにある「好き」という気持ちが浮かび上がってくる心地がした。それを受け取る人がどう思うかはわからないけれど、それでも、その言葉を届ける相手が舞台という場でまっすぐに生きる姿をこれまで見てきたから、だから、きっと大丈夫だと思える。というか、もうそれを信じることしかできない。それだけが一番大事だと思うから。いつもずっと誇り高くて、自分の道を見失わない人。ファンの悲しみより、その奥の愛情を受け取れる人だと思う。実際はどうなのか、というより、私にはそう信じられた。信じられたというのはその人がこれまでにくれた一つの宝物だから、私はそれをよすがとします。

悲しみはあってしかたがない、と私は私を許すことが最初とても困難だった。でも、この悲しみは「好き」であって、「待ってます」であって、そのことをちゃんと知って、私は私の悲しみを、私の愛情と同じくらい大切に、自分ですべて抱きしめてあげればそれでよかったのだ。待ってます、とその人に伝えようとするとき、なんのコントロールも誤魔化しもなく、素直にさみしいと書けるのは、本当に幸せなことだと思う。その勇気を、大好きなその人がくれたんだから。

私はよく、舞台の人がファンの「好き」を守っている、と思う。それはその人が舞台に立たない日々の中でもそうだった。悲しみを恐れず、悲しみにある愛を貫け。悲しみも、愛せよ、私。復帰初日の舞台を見られたのが、本当に幸せで、ひさしぶりにお日様を見られたような、そんな晴れやかな一日でした。

（二〇二三年七月二十九日）

（今思うこと）

愛情を伝えられるのはそれを受け取る人の強さがあるからで、その強さを信じて、その強さを尊敬して、そうしてそれに甘えるのではなくて、その人に恥ずかしくない一人の人間として、愛情を伝えられたらいいのにと思う。私はその人にとって、自分の愛情がどういうものなのか知らないし、本当はとても怖いし、伝えて大丈夫なのかどうかだけでも知りたい、とたまに思うけど、それは私の弱さなので、私は私で強くなくてはいけないし、強くいるためには、私は私の愛情を誇れるものとして磨かなくてはならない（と、最近は思っています）。

おすすめは難しい

どういう反応をもらいたくて薦《すす》めているのか、薦めておいてわからないな、と思うことは多い。自分の好きなものがすべての人にとって好きなものなわけがないし、私は私にとっての最高を見つけているだけなので、他の誰かが褒めているのを見たり聞いたりしたいと思うことも滅多にない。それぞれがそれぞれにとって好きなものを見つけて、互いに侵食し合わずに楽しそうな人がたくさんいることに嬉しいと思えるだけの、それだけの関わりができると一番だと思う。他の人が褒めたからと言って、私の中の「好き」が補強されるわけでも、私の「すごいなぁ」の感想が強まるわけでもないから、だから褒めてほしくて他の誰かに見せる、とかではないんだよなぁ。私が見ていたものだけが、私にとっての舞台のすべてで、「すべてだ」と信じさせてくれる舞台が好きだ。誰がどう思うかじゃなくて、客席に座って、そこで浴びたものの濃さにすべてが染められて自分一人ですべてを抱えて、自分一人が何を思うかで精一杯になれる時間が好き。だから他の人の肯定をそもそも求めていないのかもしれない。

仕事で、人に宝塚の舞台をお薦めして観劇した感想をいただく連載をしているけれど（河出書房新社の『スピン』で連載している「ときには恋への招待状」)、褒めてほしかったり、好きになってほしかったりして見せているわけではないのです。その話はよく薦めた人にもするけれど、向こうもそんなこと言われても……とは思うだろうなぁとわかっている。他のファンが友達を連れて行き、その子がものすごくハマってくれた！　というエピソードを見かけてはいい話だなぁと思うけれど、そんな期待は自分が連れて行く人にはほとんどしていない。好きになれなくても、ハマれなくても全然いいよ、という気持ちの方が強いです。でも、じゃあなんで誘うの、というと、何か好きなものを持つ人が、それを知らない人にとって、一つの世界への窓になることはあるから。それはとても素晴らしいことだと思うから、やらないよりやった方がいい気がしてしまう。そこから見える景色に興味を持つかとか、好きになるかはその人次第だけど、私が「好き」だと思うことが、誰かの人生にとって知らない世界の景色をふと見かける、そんなきっかけになるとしたらそれは素敵なことだと思うんだ。

宝塚を好きになる前は、ほとんどその世界が視界に入っていなかった。存在は知っていたけれど、でも自分と関わることはないと思っていた。10代で音楽を好きになったときも、詩を書き始めたときも、いつもそれらが自分の世界に関わるとは思わなかった。世界にはいろんなものがあって、すべてに出会おうとすればとても忙しくなるはずなのに、実際はそれらのほとんどが視界にすら入らない。窓のない電車に乗って、旅をしているみたいだと思う。何か知らないものに興味を持つきっかけや、触れてみるタイミングって、それこそ、その電車に窓ができることなのだ。美しい海が見えたなら、次の駅で降りてみよう、と考えることもできる。興味がなければ降りなければいい。降りて、近くで見ると潮風が苦手だった、とか、そういうのもあっていい。私はただ窓を作りたかったのだと思う。他の人の電車に。そこで降りてほしいとか、好きになってほしいとかではなく。全く違う世界を見ている人間たちと近くで息をしていること、関わりを持つことの豊かさは、もっとさりげなくて、直接的に影響を与えることがたとえなくても、その人の人生の風通しをほんの僅かに変えること。私にはそのささやかさがとても素敵なことに思える。

何かを好きであることは、他者の人生に関わるとき、一つの安堵をくれる。その人にとってどうやってもわかり合えない他者としていることの恐ろしさを、むしろとても美しいことだと信じる勇気をくれる。その人が受け入れてくれるかそうでないかに拘《かか》わらず私はそれを愛していける、それだけは変わらない、と思えること。そして、だからこそ相手がそれに対してどう思おうが、その人を改めて嫌ったり好いたりすることもなく、変わらない関係でいられると自分を信じられるのは、幸福なことです。誰にも侵食できないものを私は持っていて、それをさらけ出したまま他者と関わっていける。自分はこんなに鮮烈な生き方ができるんだな、と改めて思う。そんな態度でいられるなら、人と生きていくこと、他者と関わることを、（たとえ直接その人に影響を与えたりターニングポイントをもたらさなくても、ただすれちがうだけでも）豊かさだと思える。私は誰かに自分の好きなものを理解されたいと思っているのではなくて、仲間になってほしいのでも、それをきっかけにさらに親しくなりたいのでもなくて、自分が何かを好きなことは、世界の豊かさの一部だと思うから。誰かにとっての「他者がたくさんいることの豊かさ」になりうると思うから。だから、せっかく関わる人がいるならばその人の通勤途中に見かける花くらいには、「不意に出会う、どこかの誰かが育てている大切なもの」としてさらけ出していけたらいい。その人がそこからどう思うかは私には関係がないけれど、こんなにも閉じた世界に生きていて、関わる人が少なくても、誰かにとっては私は「世界」の一部で、世界の一部としての美しさになれるんだと思うと、嬉しいのです。

人は友達になることや恋人になることだけが人との関係性のすべてだと捉えがちだけれど、でも人という存在はある一人の人にとっての「世界」の多くを占めている。私はいろんな人にとって「世界」の一部なんだ。たとえその人の人生の重要人物にならなくても、私がただ私の人生を生きているだけで、その人にとっての「世界」がすこし鮮やかになったり解像度が上がったりするのだとしたら、それはすばらしいことだ。私は人と話すのが苦手だけれど、こんなふうに世界を豊かにしていく無数の「他者」の存在は好きだ。こうやって関わっていくことを大切に思いたいだけなんだ。それを大切に思えるだけで、別にみんなと仲良く喋ることはできなくても、すぐに誰かと友達にはなれなくても「人間嫌い」ではない気がするし、人そのもののことを好きだと思っていられる気がする。

そんなふうに信じられるのは、私が好きなものを心から大好きだから、なんだけど。そうやって、世界を好きだと思えるのかもしれない。誰かにとって「他者」であることを悲観しすぎずに済むのかもしれない。好きなものがあるということは、世界に関わる意味を、私の人生にもたらすのかもしれないです。

お誘いした人が私の好きな演者さんのことを調べてから劇場に来てくださったことがあって嬉しかった。そんなふうに気を遣わないでくださいと言っても、その人の好きなものがその人だけの大切な幻を持つと知っている人は、そりゃあ、気を遣いはするだろうな、あたたかいなぁと思う。せめて、そういう優しい人がふと思い出す「ある日の鮮やかな光景」にあの日がなっていたらいいなと思う。

（二〇二三年八月二十六日）

（今思うこと）

私ははるな檸檬《れもん》さんの漫画『ZUCCA×ZUCA』がきっかけで宝塚を見るようになりました。それこそ、宝塚を見たことがなかったけれど、その世界の中で一人の人を好きになって、その「好き」の気持ちで自分の日々をひた走る人がたくさん出てきて、私にとって世界の美しさを教えてくれる一つの「窓」でした。作品のことが好きすぎて、あまりにも好きで、観念したように観劇したのが最初。ここまで宝塚のことを好きになるとは思わなかったし、大切に思える人に出会えるとも思わなかったな。このエッセイで触れた連載「ときには恋への招待状」は、宝塚を見たことがない人に宝塚を見てもらう、という内容なのですが、特別編としてはるなさんに私の好きな人が出ている公演を見てもらいました。私にとって『ZUCCA×ZUCA』から始まった私の物語の第一章完って感じの回でした。

励ましたいと願うこと

夢を見る人たちを追いかける限り、その人たちは今も夢を見ていて、生き甲斐としてその世界にいるのだと信じてしまうところがある。実際はどうかなんてわからないのに。その人がどんな夜景を毎日見ているのかすら知らないのに。励ましたいと思いながら、その人たちが向き合ってるもののことを何も知らないことに気づいて、励ます……とは？　と立ち止まり、でもそれでも、私がその人に幸福でいてほしいとか、よき日々であってほしいと願うことはものすごく当たり前のことで、というか私は好きな人だけでなくすべての人に穏やかな日々があってほしいよ。そして、自分が心から好きだと思う人のことは、たくさん考えてしまうから、何度も考えてしまうから、そのたびに自分の目の前にある綺麗なものや、自分が素敵だと思う一瞬や、そういうものに心が満たされる感覚が、あの人にもあればいいなと思う。幸せになってほしいという言葉にすることもできるが、要するに、とても好きです、ですべてが言えてしまう。好きは、いつも思いやることで、いつも忘れずにいることで、自分自身の幸福の右隣にあるようなもの。何かが満たされるときも、とても悲しいときも、思い出される存在だ。

私は季節が好きなので、季節の変化をとても綺麗と思う。最近はちょうど夏から秋に変わる最高の時期で、すべての酸素が光にさらされているみたいにピカピカしている。それらを見ながら、同じようにこの美しさにその人が囲まれていたらいいなと願う。励ましたいというか、すべての美しさがその人に届いていたらいいなと思う。そのほうが言葉としては、ほんとは近いのかもしれない。どうなってほしいとか、どんな日々を送ってほしいとか、そういうふうに願うのも、私はなんだか勇気が出なくてなかなか言えないし、書けない。季節が好きなのは、私がその美しさに美しいなと思えたとき、この(四季が共通する)世界に生きている人には、みんなに今それらが訪れているというのがわかって、嬉しいから、というのもある。どうか気づく瞬間がありますように、と思う。

応援してる人がいる劇団のことを考えています。とても悲しいニュースが先月に出てからは、ふとしたときにとても悲しくなって、不安になってしまう。私が応援してる人たちの話であって、私の話ではないのに、私はどうしても落ち込んでしまうし、何もかもがわからない。どうしたらいいのかなんて、すこしもわからない。手紙を書くときは、強い人のふりや優しい人のふりをして、でもそうするとはっきりと「ふり」じゃなくて「本当」の愛情の話ができ、そこで救われてもいます。

私はあんまり自分のファンとしての態度に自信がなくて、ちゃんと応援できているのだろうかとか、迷惑じゃないかなぁとかすぐ考えてしまうのだけれど、手紙を書くときだけはちゃんと、なりたい「ファン」になれている気がする。錯覚かもしれないけど。こんなときでさえ、この人に、私は救われているなぁと思うと、切ないです。具体的にどうしてほしいなんて一つも書けないけれど、秋の話をいくつか書いた。

好きと言いたいだけなのだろうなと思う。好きという言葉に全部含まれているなぁと思う。昔書いた「限界人魚姫」という小説の中の文章を引用します。

「あの人は全ての光に祝福されるようにして照らされる自分の姿を見ることができないのです。暗闇の水から顔を出し、あなたをあなたが見つめることなどできないのです。そうして私は伝える術《すべ》を持たない。あなたに、あの時の私の思いを少しでも知ってもらえたら。あなたが不安でたまらない時、悲しくてたまらない時、ただ励ます光となれたら、私は嬉しい。」

手紙をまた書こうと思います。

（二〇二三年十月二十日）

舞台のあなたの夢

自分がその人を応援する気持ちがその人にとってどんな意味をなすんだろう、と考え出すと、何もわからなくなるし、何も言えなくなる。考え出すとキリがないというのもあるし、今はどこかで、そのことで私が落ち込んでいる場合ではない気もして、手紙を書いては送っていた。いろんなことが悲しくて、考え出すと本当に落ち込むのだけれど、私はそうやって考えを巡らすことで自分が傷つくのをやめたかった。人に優しくしたい。人に向けてずっとあった愛情をそのままで、今も届けたい。悲しみながら、悲しみの方角を、私の心を傷つけることではなく、ちゃんと「伝える優しさ」や「伝える愛情」にできたほうがいいと、ここ一ヶ月で思うようになっている。

これは私の個人的な応援の記録だから、もちろんそれが正しいのかとか最適なのかとかはわからない。私はそうしたくて、そうしているという話で、いつまでもそれだけ。応援してる人の公演が初日を迎えないまましばらくお休みになり、やっと最近、初日が決まったけれど、だいぶ公演日数が少なくなった。楽しみだとも思うけど、幕が上がると決まった、ということに、大丈夫なのかなぁとどうしても思う。でも、せめて、幕が上がるなら、舞台から見える景色がその人を少しでも励ますものだといいなと思った。

その人が作り込んだ作品として、その舞台を好きだというのもあるし、その人が夢を追いかけていることがはっきりとわかるから、そのまばゆさがわかるから、好きだというのもとてもとてもある。その人が夢を見ているから、その人は私に夢を見せられると、どこかで信じている。実際に、宝塚は虚構の「男役」「娘役」を演じる世界だから、その人が憧れる気持ちを持つことがきっと始まりで、その憧れの気持ちが、見ているこちらにも星空みたいに輝いて見える。

夢がだから、その人にとっていつまでも宝物であってほしいと思う。夢を追うことは大変なことも多いだろうなと思うし、そういえば私もそんな仕事をしている。夢が叶っていくことは、大変なことで、苦労もあることで、それを当たり前のように語る人もいるけれど、夢はそもそもが一人の人の人生の宝物です。いつまでも、その人にとって一番大切なものであってほしい。

私はだから、舞台の上が、その人にとって「夢が叶う場所」だと思える瞬間が好き。舞台を見て、照明の光が反射しているその人の瞳は、夢を見ている人そのものの目に思える。その目が好きですって昔、手紙に書いたなぁって思い出していた。

それは私が見ている夢なのかもしれないし、錯覚なのかもしれないけど。でも、その人の夢がその人にとっていつまでも宝物でありますようにという願いほど、私にとって応援する上で大切なものはない。それを伝えられる側になれたなら、ファンになれてよかったと思う。ファンって、そういう存在だと私は思っている。

最近はそんな感じで、応援している人に手紙を書いています。私が悩み苦しむというより、悲しいままで、それでも私の心はどんどん落ち着いていって、その人の日々の、穏やかさへの願いばかりになる。それは伝えたい言葉になっていく。

その人のことが好きだからこそ、悲しみも痛みもあっても、落ち着いていけているんだ、と思います。私はその人に穏やかさをたぶん、今も無限にもらっている。

（二〇二三年十二月二十一日）

（今思うこと）

やっとやってきた初日に見た、その人の瞳のことが忘れられない。たくさんのライトの光が目にいっぱい入っていて、カーテンコールでその人は客席を隅々まで見つめていた。私は幻しか知らないのかもしれないが、でもいつもそこにはその人の人生が繋がっていて、その人の生きる時間そのものがあって、あなたの瞳は真実だと思う。私は、その人が見つめる光の一粒になれるならそれが嬉しいし、あなたのその瞳が輝くことを願い続ける一人の人でいたいです。

客席降りで自問自答

　そりゃ好きな人に好きですということが伝わればいいと思いながら、一番よく伝わる「その人が目の前にいる時間」が何よりも困難だし、なんかちょっと戸惑う。わ、わ、わ、と嬉しさの中で、自分はここに来てここまで来て、何がしたかったんだ？　とも思う。

　最近宝塚では「客席降り」（文字通り客席の方に出演者が降りてきて通路とかで踊る演出）が久しぶりに解禁されて、それは華やかで素敵なのだけれど、すごく好きな人が目の前に来た時に自分がなんにもできなくなるのが本当に嫌で、というかどうしたいのか本当にわからなくなってしまうので、反省会が脳内で必ずっていってていいほど開催されている。近くの出演者に手を振っている人を見ていると、すごい！　私もそうなりたい！　と思うけれど、思ったあとで必ず、そうなりたいのだろうか……そうなりたかったのだろうか……本当に……？　その人のことは大好きだけど私はどうなりたいのだろう、と考え始めてしまう。なんもわからないや……手を振ろうとするとブレーキがかかり、それは多分恥ずかしいとかだけではなくて、自分が本当にやりたいことなのかはっきりわかってないからなのかもしれない。見ていたいんです。だって舞台が好きだから。ただ見ていたいんですけど、近いから、一方通行的なものがなくなるから、突然のことにどうにか何かしなくちゃ！　と思って、多分、その「どうにか何か」が考えたことのないことすぎて、頭が真っ白になるのでしょう。ちゃんと考えたら「私も手を振りたい！」と結論づけられるのかもしれない。でも考える時間もないままそこに座るからわからなくなってしまうのだろう。

私は自分の心が弱いことを知っているので、手を振って気づいてもらえなかったら自分は自分が落ち込むのを止められないな、とわかっている。そしてそういう自分が心底嫌いで、本当にめんどくさいやつと思うので、自分がやりたいからやるんだ、とはっきりとわかることしかしたくなくて、きっとその覚悟を決めないとなんにもできない。人がやっているから私もやる、くらいだと全く覚悟がかたまってないので、そんなのは私の心の弱さには合わない……。私は人を応援したり、人を好きになったりするにはあまりにも心が弱いし、そういう弱い自分に腹が立つので、全部全部先回りして自分が落ち込む可能性を踏み潰して、自分史上最高メンタル強い！　になりたかったのだった（こんなこと書いてますけど、ちゃんと理想通りになれたことは一度もないですしいつも最弱です）。

舞台を見に来ているだけなので……とすっぱり思えたらいいのかもしれない。客席降りは苦手で……とか言えたらいいのかもしれない。でも近くに来てくれるのは嬉しいし楽しい。その人がはっきり自分を見ているとわかる時間は嬉しい。舞台も好きだけど、その人がそこにいることにものすごい奇跡を感じてしまって、その嬉しさを思い切り浴びた瞬間、嬉しいことを伝えたいってどこかで願ってしまう。あなたのことが好きですと伝わったらいいのになと、それは自分自身の「夢見る気持ち」として思う。客席降りみたいな近さになったとき、そういう自分の気持ちに戸惑って、「わ、わ、わ」となってしまうんだ。

「好き」と伝わることにものすごく幸福感があるのはどうしてなのだろう。伝えられないと「できなかった」と落ち込むのはどうしてなのかな。私は、その人を好きになって本当に豊かなものを、幸せをもらってきて、私自身を大切にすることもたくさんできるようになったと思うから、「好き」でいることがその人にとってどうなのかはわからないとこもあるけど、私にとって私の「好き」は宝物で、絶対に丁寧に、そっと扱いたいって思っている。川の水が、流れ続けることでずっと澄んでいるように、「好き」もずっと伝えていたらずっと澄んでいるのかもしれないって思う。伝えるつもりでいる限り、自分勝手な「好き」ではいられないし、ずっと磨いていなくちゃいけないいし。だからこそ、自分の「好き」を私は好きでいられるのだろう。

私はそんなふうに好きでいられることが幸せで、そういうことを許してくれるこの世界が好き。そして多分、だからこそ、目の前にその人がいたらちゃんと伝えなあかんのちゃう……？と、どこかで思っていて、だから焦るのかなって思う。

好きな人に本当に近い席に座れたことがあって、その日の開幕前、なぜか私は急に悟りを開いた人みたいになり、よし、小さなアクションを一つだけやろう、と思った（恥ずかしいからぼかして書くけど、大したことではないです）。今までになく焦りもなくて、だからこそ本番でもできたんだけど、覚悟って決まるときは急に決まるんだなぁと思います。それまで焦っていたのはやっぱりどれも「自分でやりたい」と心から選び取ったのじゃなかったから、つまり「伝える」そのものになりきれてなかったからなんだろうな。

伝えるって自分が何をその人に渡したいか、それだけなので。相手がどうとか自分がどうなりたいかとかではなく（もちろん相手を困らせたくはないですけど、そういう最低限の話ではなくて、相手にどう思ってほしいかとかそんなことまでも期待したり予想したりするのは不可能という意味です）。だから心から自分がそれをしたいと思えたら、そのときだけまっすぐに『私は気持ちを伝えているんだ』って思えるのかもしれない。ファンとしての「伝える」は、相手が嫌な思いをしなければいいなという祈りや気遣いはあるけれど、結局いつも自分の中で完結させなくてはいけなくて、伝えたいのも私だし、伝えて満たされるのも私だから、私が私の「伝える」に納得がいっていないといけない。伝えて、その先に何か安堵を求めるのではなくて、伝えた時点でほっとしていたい。本当に自分はこうしたかったんだろうかと不安になってしまったときに、誰かに「大丈夫だよ」と言ってもらえるようなそんなものではないのだと思う。もちろん相手がそれを喜んでくれるかなんてわからないし、知りようがないから、その反応でほっとしたいなんて願いようがないし、自分で自分に「大丈夫だよ」と言える範囲でしか何もできない。だから、きっとそんな大袈裟《おおげさ》に考えなくてもいいんじゃない⁉　ってことまで私はずっと考えてしまうのだろう。
こういうのは多分、ファンレターもそうだし、好きでいること自体も同じ。好きでいることが相手にとってどうなのかなんてわからないから、好きでいることそのものが自分にとって幸せなことでなければならない。それはすごく、独特な世界だと思う。誇り高く好きじゃないといけない。たぶんそれは、自分のことを好きでいなくちゃいけないし、その人のことを好きな気持ちも、好きでいなくちゃいけない。まっすぐに生きていくしかないってことだ。

客席降りがあると知ったとき、私には向いてない！　やばい！　と思って、いろんな後悔が重なって大変なことになったらどうしようと不安で仕方がなかったけれど、千秋楽の後、私はなんだかとても爽やかな気持ちで、それが本当によかったです。それはもちろん舞台が素敵で、大好きな人がすばらしかったから、というのが第一なんだけれど。私も私に嘘をつかずに、私でい続けられたから。多分それはすごくよかった。多分それはかなり、私も頑張ったんじゃないかなって思います。私、えらいぞ！
大袈裟だけど、私からすると大袈裟ではありません。自分の「好き」周辺のすべての感情を誇れるようにいることは、とても困難な道であり、でも私はそれを選びたいです。客席降りはかなりの、人生修行でありました。

（二〇二四年三月二日）

（今思うこと）

なんでもそうなのかもしれないけど、叶えたいことを叶えることを第一の目標にするのではなくて、私が私を見失わないことを第一にしたいなあって思います。私はその人が好きなので、その「好き」を見失わなければよく、そこから付随する夢や願い事は、もちろん叶えば嬉しいけれど、でも私はそれが叶うことで得られる幸せより、その人のことが大好きだなぁってまっすぐに思えることで得られる幸せが大切です。それはその人が本当の意味で、私に手渡してくれた幸せだから。ただ、好きになれる、そんな相手でいてくれることは特別です。その奇跡のような存在への気持ちを私は守りたいなって思います。

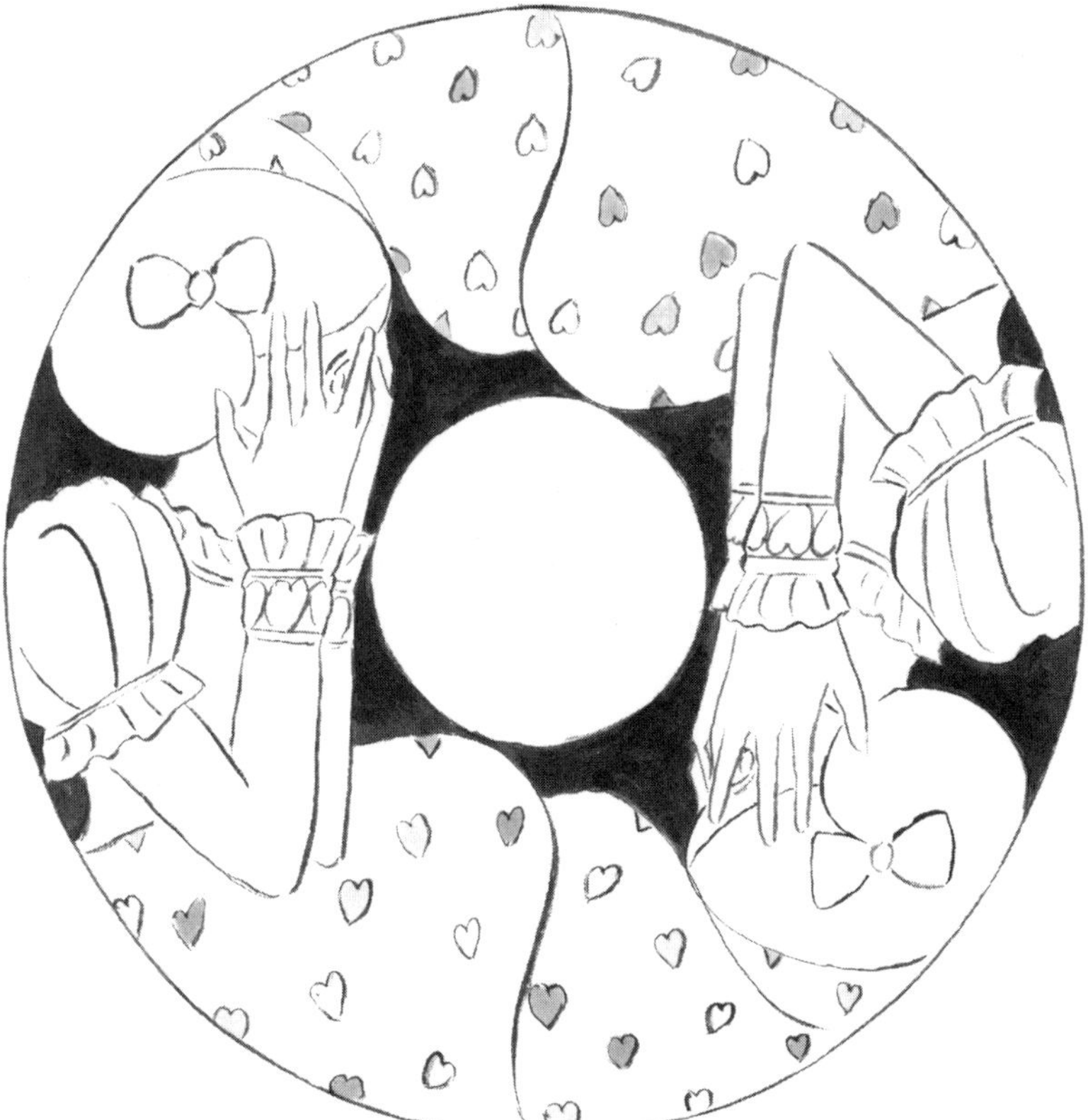

ずっと好きですと伝えたい。

ずっと好きです、と、「好き」を強調するために言うのはどうしても不慣れで、私は長いことこの言葉が使えなかった。この人のことを私は特別に思っていて、きっとこれからも好きだろうなと思いながら、それを簡単に伝えることはできない気がした。ずっと、と書けば、「好き」は強くなる感じがするけど、でもそれはいろんなことに無邪気すぎる、と思えた。自分の「好き」を強調したいなら他の表現をしておきたい、何よりその瞬間に好きなだけでもそれは十分にとてつもなく尊いことだと私は思うから。その瞬間にそのきらめきを受け止めて、すごく好きだと思ったその鮮烈さは、むしろ舞台が心に焼き付いた証だと思うから。だから、ずっと、という言葉はどうしても遠い存在だった。

それでも日に日に「ずっと」と書きたくて、出てきそうになる言葉と一人で話し込むような期間があった。好きを強めたいとかではなく、もはや本当に「ずっと好きだ」と思っている。無数の思い出があって、その思い出と共に生きていて、だから、その人のことが好きなのはもはや私にとって特別というより、心臓を動かすもの、血液の流れ、まばたき、そういう生きることと一緒にあるような事実だった。だから、その人のことをこれからも好きだと思い、そして伝えたいと願いながら、いつもうまくできなかった。思っているというのと、伝えるのはまた違う。思っていることを伝えるだけじゃ、本当は「伝える」ということにはならない。自分がちゃんと証明できないことを伝えるなら、「ただそう思うから」じゃ足りない気がしていた。

伝えなくてもいいはずで、それでもそこにこだわるのはどうしてなんだろうな。ファンが届ける気持ちは、そこに誠意があってマナーがあればきっとどれも届けて大丈夫なはずで、気持ちを伝えるなんてなんだって自己満足ですよ、という考え方もあるけれど、自己満足だと自分で自分に言ってしまったらおしまいのような気もしている。実際にそうだったとしても、どんなに遠くても、人に心を寄せるのはコミュニケーションだ。相手がいる、相手も人だ、その人のことを考えて、考え尽くして、その結果「自己満足」と先回りして言ってしまうのだとしたら、とても悲しいし、それじゃあいろんなことを見落としてしまうようにも思う。

舞台という場所にいる人は、千秋楽の後、次の舞台まで長い時間をかけてお客さんのいないところで作品に向き合っていくし、私はたぶん、そこで待っていますと伝えたくて、だから、「ずっと」と思っていることをどうしても伝えたかったのだろうと思う。ただそれは私がそう思っていると伝えるだけじゃたぶんとても不十分で、だって未来の私が伝えるわけではないし。私は無邪気に未来の話までするけど、未来が本当に見えているわけではないし。「好き」って、脆《もろ》くて淡いものだって、私もこれまで自分に向けて言われる言葉で何度か気付かされてきたし、それはさみしいことではなくて、しかたがないことなんだけれど、でも、そのしかたがなさを越えて「ずっと」って伝えたいと私は思っている。ちゃんと伝えたいって。

それは、自分がどれくらいそう思い込めたらとか、そんな話ではなくて（というか私はとっくに「ずっと」と思っている）、これは約束で、誓いなんだって、あるとき急に思った。信じてもらうにはどうしたらいいかとか、本当だとちゃんと伝えるにはどうしたらいいか、ではなくて、そういうふうに「ずっと」の証明を探すのではなく、自分自身がその証明としてまっすぐでいるしかないのだ。ただ、大好きな人に約束することでしかない。

それで、私は「ずっと」と言えるようになった。ずっと好きです。ずっとあなたの舞台を楽しみにしています。言えるようになれたことが今とても嬉しいです。

（二〇二四年五月二十八日）

(今思うこと)

ずっと大好きです。ずっと応援しています。ずっとと、言えることが嬉しいし、ずっと、ということを本当に私は大切にしています、と全部相手に伝えたあと、私は本当に自分の「好き」が晴れ渡る空くらい全く疑いようのないものになり、ずっとずっと心地いいです。「これはね、証明するとか、確信するまで思い詰めるとか、そういうことじゃないんですよ、誓いなんですよ!!」と断言したとき(マジでそんな会話を知人と日比谷でした)、私は絶対に折れない愛という名の槍を手に入れたようだった。永遠に貫くことができるだろう。貫けないならそれは私の敗北で、私はこの戦いに挑むことに決して躊躇しない。絶対負けないかどうか戦う前に確認するなんてのはアホらしい、戦う、戦って勝ち抜く。それがすべて。愛ってそういうものでしかないのですよ。愛とはいつも自分が作り上げ完成させるもの。見えない未来に飛び込めるかどうか。それがすべてだ。きみのことがずっと好き。

 ずっと好きですと伝えたい。

迷惑かもしれない

応援をしているとたまに波があり、いろいろと……とにかくいろいろと、「何をしても迷惑かもしれない」と思うことがあって、いつもその恐怖の中で人を好きになっていると思う。見に行くことも、手紙を書くことも、たとえば手紙の枚数とか頻度とか、そういうのってどれくらいなら迷惑じゃないのかとかそんなことばかり考えて、これは迷惑なのかなといちいち考えるのも失礼な気がして、答えもないし答えを求めるのも恥ずかしくて落ち込む。

人を好きになるとか、応援するとか、そこには申し訳なさがどうしてもあり、こんなふうに気持ちをぶつけてもいいのだろうか？　といつもどこかで思っている。迷惑ですか？　なんて、聞くわけにもいかないし勝手に自分は迷惑な存在なのかどうかを審査して、できるだけまともになろうとするけど、でもそうすると「まったくもって自分のことを好きになれない自分」が心の奥から現れて、何もかもが迷惑！　と叫んでしまいそうになる。そしてそんな自分に「いつまでそんな弱いこと言ってんだ？」と思う私もいる。人を愛するなら強くいるべきだ、と私は思うから。

そうやって一人で勝手にぐるぐる考え込んで落ち込む自分のことをそれでも突き放せず、そうしてその落ち込む自分を眺めてはなんだか虚しくなり、それでもなぁ、それでもしょうがないところもあるよなぁ、と思うのです。応援してる人が休演してしまったときのような、そんなタイミングで手紙を書くときとか、この時期にこういうことを書くのって、相手にとって負担にならないのだろうか、などと考える。そういうときの弱い自分、不安になる自分のこと、間違っているとも言えない。弱い自分は、相手に優しくしたいだけなんだろうな、とも思うから、相手の気持ちを考えて、考え抜いて、わかるわけないんだということに机に突っ伏して苦しむのを止めることもできない。

私は、相手にとって一瞬でも、わずかにでも、朝の光みたいに思えるものが書けたらと思っていつも手紙を書いているけれど、そんなの私の個人的な望みであって、私には知らないことのほうが多いし、的外れなこともたくさん書いているだろう。相手の気持ちがどう動くのか、だから予想がつくわけもない。朝の光になりたいけど、なれてないだろうなぁ、なんて思う。好きな人だから、嫌われたくないし、何より負担になりたくないし、できれば少しでも励ます光になりたいし、でも言葉が相手に届けるものを、書く側がコントロールすることは不可能だって私はそれなりに知っている。でも、考えるのを放棄することはできなくて、いつまでも答えが出ないからって、ネットで手紙の枚数とかそういうことをやたらと検索しては、他の人はどこまでを迷惑でないとしてるのか調べてむりに納得しようとしたりもしている。

一方通行的に気持ちをぶつけまくって、それ自体がそもそも良くないことのような気もして、でも応援とか好きとかは結局そこから逃れられないので、せめて自分は気をつけてるんだ、相手を思いやってるんだと実感したくて、慌てて自分のことをやみくもに抑えようとしているのかもしれない。その自己満足でしかない気遣いがどうしても耐えられなくて、それは私が弱いってだけじゃん、とたまに言いたくなり、でもそこまで自分に厳しくしても悲しくなってくるだけだしな。私は、たぶん、自分のこの情熱的なところが嫌で、でも好きで、でもやっぱり嫌で、わけわかんなくなっているんだろうな。自分で判断がつかないからって、相手の主観を勝手に想像し、それを基準にして不安になったり喜んだりしている。弱さが相手を労《いたわ》る気持ちなら、もういくらでも不安になりながら考え続ければいい。でもそれが単なる自分の愚かさになるときは、やめなよそんなこと考えてないで、できるかぎりのことをしなよ！　って自分に言える強さを持ちたい。

私は、好きな人のことがもちろん大切で、とても心から大切で、優しくしたいです。でも、私は私のことだって好きだし、私がその人を大好きであるということを大事にしたい。自分の弱さには、「もう、本当に修行が足りない！　愚か者！」と思いながら、それでも間違っていると言い切れない限りは、その弱さを「強い私」の部分は見守るしかできないなと思う。誰かを思うことは答えがないことで、わからないことで、その人にとって少しでも嬉しい存在になりたいと思いながら、「そうなれた」と達成感を得たいとは決して思ってはならないんだ。そういう答えを求めたら私は私の愛を自分のために使い果たしてしまうから。わからないけれど、注ぎ続けて、それでもせめて私なりに「やさしさ」の方角を探し、そちらを目指していく。答えがなくても答えを目指すことを忘れずに、でも答えを得た達成感を夢見たら、おしまいだなぁって。難しいですね、難しいけれど、でも、自分のことをちゃんと好きなら、大丈夫な気もします。自分に自信がなかったり、自分をどうしても好きになれないなら、自分が何を模索しても、自分でそれを「いいんじゃない？」と思うことができない。相手がどう思うかはわからないけど、私はこちらの方角でいいような気がするよって、不安がっている私に伝えられるくらいに私が私を信じていれば、少しはマシかもしれない。つまり誇りだ。私は私を誇っていますか？　誰にもエビデンスをもらえなくても、私は私を貫けるくらい誇っていますか？　誇りがあるから、他者に優しくできる、手放しで、愛を捧げることができる。最近はそう思います。

私は、自分の情熱的なところと、好きな人のことを心から好きと思えるところと、その人が差し出そうとするもの、表現、一つ一つをちゃんと受け取ろうといつだって感性を全力で研いで覚悟して客席にいるところも、嫌いじゃないというか、むしろ超好き。さっきから嫌だ嫌だって書いてるけど、それは相手がいるから、相手が戸惑う可能性もある濃さがあるから怖い、ってだけ。好き。私の「好き」が、私は大好き。相手がいないなら私は私のことが大好きだし、私の情熱が好きだよ。まっすぐだし、恥じることはないって思う。その上で相手を思いやれたら完璧で、戸惑いながらも考え続けてたまに不安になって自信がなくなっても、それはしかたがない。誇りだけは持てばいい。誇りが持てる私でいればいい。濃い私を、「私の人生を生きる私」としてはすごい面白くて心から愛していることを忘れなきゃ大丈夫だよ。そんな最高な人っていないって、たまに私は私に思うよ。

人を愛するには自分のことをまずは愛し抜かなくてはいけない気がする。そしてそれは自分が完璧にならなきゃいけないというわけでも、すべてを肯定しなくてはいけないというわけでもない。それこそ、誰かを愛するときに、その愛を恥じるものにしない、ということとか、その愛を相手に差し出せるくらい磨き上げるとか、それで良い気がする。自分の心そのものを完璧にすることは無理でも、他者に対しての気持ちというのは、透き通っていくことがある。あなたのことを傷つけたくない、あなたのことを決めつけたくない、でもあなたのことが好きで、あなたのことを思いやっていたい、そのすべての「心からの気持ち」を貫くだけで、ずっとその愛だけは誇れるものじゃないか。それだけで私は、たとえ自分に弱かったり情けなかったりする面があると知っていても、己を誇ることができた。その人に対してだけは、自分をまっすぐ貫いて、好きって言えた。それはその人がくれた宝物だ。

私はそのことをずっとずっと忘れたくない。

（書き下ろし）

「あなたが好き」って怖くないですか？

私は私のためにその人を好きなのだから、すべては自己満足だと思っといた方がいい、と考えることもあるけど、でもそこにその人がいて、その人のためを思って行動する時、「自己満足だから」と思ってしまうことが本当はいろんなことを鈍感にしてしまう気もしている。遠い人だよ。遠い人だけど、一人きりの世界で「好き」と思っているのではない。相手がいる前提の感情で、行動だ、と思うと、自分が思うこと、行動することにたまにすごく不安になって、そして心細くもなる。相手がいて、その相手を傷つけないようにと思いながら、でも遠いから自分には本当に合っているのかはわからない……と思うことも多く、答えが聞こえるわけもない遠さで耳を澄まし続けるようなさみしさはある。でも、そう思っておきたい。耳を澄ましておきたい。私の気持ちは常に宛先がついている。そう思う方がずっと、私は相手を大事にできる。

いろんな気持ちを寄せながら、それでも相手に何も望まないでいる、相手を自分の好意からずっと自由なところに置いておく、というのは私にとって理想で、それを基準に動きながら、でも本当にそんなことが心の底からできるものだろうかとも思う。できないからこそそれを「理想」

と思っているのではないかって。自分が本当になんにも望んでないのかはわからない。舞台の人と目が合えば嬉しいのだし……。むしろ、擬似的にもその理想を完璧に叶えたいからこそ、私の好きは自己満足だ、と自分の中で言い切ってしまって、相手と自分の世界を断絶する、というのもあるのかもしれないな。辛くなると、「自己満足なんだから！」と思った方が楽だなって感じることもある。

でもそれはのたうち回ってきた私には選択できないことでもあります。舞台の人たちは優しくて、舞台からお客さんを見ている。一方通行になるはずの視線を受け止めるという形で応えている。舞台の上で光を浴びて、そしてたくさんの拍手とたくさんの眼差しを浴びて、きらめいている。ただ光が反射するというより、眼差しや拍手を反射した輝きのように見せてくれる。それは、観客の「錯覚」なんかではないって私は思っているし、それがあの人たちが作る夢なんだと思っている。拍手をしているだけなのに、「届いている」って思えること。見ていることが「届いている」って思えること。幸せな誤解、と言うこともできるけど、私はずっと考えて、それは誤解じゃない、と思うようになりました。舞台の人が作る夢に応える形で、誠心誠意、そこは信じるべきだと思うようになりました。

「届いている」という感覚をプレゼントしてくれているのは舞台の人だ。それをまっすぐに素直に受け取る私でいたい、と思う限り、自己満足という言葉で世界を断絶している場合ではない、と思う。客席にいる間、大きな空間に包まれて、舞台の人たちを照らす光や、拍手の音の一部になれた気がして、そのとき確かに、私とその人は、遠くても同じ時間を生きている「人と人」なのだと思えた。どれほど遠くても、決して自己満足ではなく。そしてそのことこそ、舞台という場所がくれる美しさなんだと思うから、自分の中で完結しなくちゃなんて、閉じたことは思わないで、遠くても、ずっとその人を見ていたいと思った。

無観客の舞台の映像を何度か見たことがある。そのたびにどうしようもなく悲しくて、それは客席に「座りたかった人々」がいない悲しさもそうだけど、やっぱり舞台は、舞台にいる人たちが、その瞬間を観客と共有することで、息をするようにその瞬間にきらめくことこそが魅力だと私は思っているから。そのときその場でその時間を客席と共有する必要が、舞台という生き物にはきっとある。確実にある。舞台が好きだからこそそう思う。完成したものを固めて、何度も映像のように再生するのではなくて、その刹那ごとに物語やショーの世界をその人たちは生きて、それを客席で生きて見守る人がいて。そうやって、作品でありながら、その場でそのときだけ「生きている」ものであり続ける。何度公演したってそのすべてが「そのときにしかないもの」だ。舞台の素晴らしさはそこにあると思うし、だから私はやっぱり「客席に私がいること」は舞台と関係するって思うのです。図々しい錯覚と言ってしまえばそうかもしれないけど、でもずっと波が打ち寄せるように、舞台の輝きは見ている私のところにやってきて、客席という浜辺があるからこそ、聞こえる波音や、見える白波があって、それこそが海を美しく見せている。
そう信じることでまっすぐに差し出せる「好き」がある。もちろん無観客だってその舞台の作品としての完成はしている。観客ではなく舞台の上で作られるものだとはわかっている。でもその上で、客席も何かを照らせる存在だって私は思います。

ファンレターとか書いていると、好きってこんなに伝えて怖くないのかな？　とたまに思います。なんて恐ろしいことを心配しているんだろう……と自分でもハラハラするけれど、でも、よく考えます。好きって怖くないのかなぁ。それを受け止めるのがその人たちの仕事という捉え方もできるけど、仕事はやっぱり舞台でのパフォーマンスの話だと私は思うから……。もっと舞台として、作品として、見ている人たちの「素敵だな」という思いを吸い込んでさらに輝くような、そんな光合成があの人たちには起きているんだろうなって思うし、「好き」は彼女たちの糧ではあるだろう、と思いながら、それでもやっぱり、好きってシンプルにファンレターに書くと「大丈夫なのだろうか」と不安になるのだった。客席から照らすという形を超えて感じるからかな？

そういえば、昔はその一言を書くことすらできるだけ避けようとしていたなぁって懐かしくなります。ずっと好きで、最初から好きで、でもこうやって「好き」とシンプルに書けるようになったのは、ファンレターを書きつづけてきたからこそだった。そこになんらかの関係性が生まれて、あるとき、伝えてもいいような気が私はしたのかもしれない。というより、伝えるべきだとあるときちゃんと思ったのかもしれない（このように書いていますが、でも当時の手紙を読み直したらもしかしたら最初から好きです！　って書いているかもしれないのです……怖いので見直しませんが。いや、でも、最初は自分の気持ちをそのまま相手に預けるのはなんだか申し訳なかった。それは確か。どんなふうにその人の舞台が素敵で、どういうところが魅力的だったかを伝えることのほうが大事だと思った。それしか自分にはできない、とも思ったし、それこそ「好きです！」って気持ちは自分の中で完結させるべきもの、と思ったのかもしれない）。

次第に舞台と客席は同じ空間にあって、共に呼吸をして、そしてそのときにだけ生まれるきらめきがあるんだって私は知った。それをずっと見ていたら、自分の「好き」は私一人のためのものだなんて言っている場合ではない！　って思ったのかも。伝えるべきものだって。それで、私は「好きです」って書いたのかなぁ。必要だと思えたなら、あんまりそこに恥ずかしさや抵抗はなく、はっきりとそう書けてほっとしていた。好きであることは自分だけのものではない、相手にも届けるべきものだ、なんて確信できるのは幸せなことだと思う。別に相手には何も確かめてないし、確かめるべきこととも思っていないけど。

人気商売のことを「好かれることが仕事」なんて言ってしまうとなんだか違う気がする……

と私は思い（私も作家名で仕事してるからかもしれない）、それはその人たちの仕事を客席の好意とあまりにも直接的に繋げてしまう考え方だからかな、って思う。めちゃめちゃ要約するとそういうことになる可能性もあるんですけれど、でも、「好かれることが仕事」なんじゃなくて、好かれることがその人たちにとってとても大切なことなんだ、とファンに信じさせてくれることが、その人たちが使える魔法なのだ、と私は思っている。「好かれることが仕事」という言い方も本質は同じだけど、でもたぶんいろんなニュアンスが消えてしまっていて、だからちょっと私は使いづらい。

好かれることを全力で受け止める、それをプロとして完璧にしてくれている、と思えたファンがいるなら、それはその人がファンにそういう夢を見せられたってことなんだと思う。ファンへの好意に誠実であるかどうかは、ほんとはプロの義務でもないし、仕事でもないと思うが（アーティストも舞台人も作家も、仕事は技術と制作物そのものに出るべきなので）、でもそのありかた、「表現」という形態で人に作品を届ける行為は、ただ仕事をするだけでなく相手に魔法をかけることでもある。何かを便利にしたり、お腹を満たしたりするのではなく、心を満たす作品を作るとき、作る側も受け取る側も何かを信じている必要があり、それこそ「夢」や「魔法」の存在を信じている必要があって、その信じる力が、きっと相手の中にある夢に作用していくのだ。その世界に生きていく意志と、その人が夢を見つめるときの信じる強さが、誰かに魔法をかけていく。

私は「私の好きはあの人にちゃんと届けるべきものだ」と思えたとき、嬉しかった。そして、それが事実としてそうなのかとかは大したことではなく、私がそう信じられたことだけで十分だった。好きと伝えよう、伝えなくちゃと思えることは、ひたすら、舞台のその人が見せてくれた夢で、そんな夢を手渡してくれるその人のことが心からやっぱり大好きで。幸せだと思います。私の好きが怖くないのかどうか、はいつまでも謎のまま、見せてもらえる夢の向こう側に言葉を届けて、そうしてはっきりと見えることもないくらい遠い星でも、その星から目を逸らさずに、誠実でいたい。

（書き下ろし）

あとがきにかえて

舞台のあなたへ

私はあなたの舞台を心から愛しています。

一人の人を応援するのって、こんなに難しいことだとも、こんなに自分の心がややこしくて、めんどくさいものだとも知りませんでした。ただまっすぐに好きなだけなのに、その好きという気持ちを心の奥から見つけ出して、それだけを手のひらに乗せて、あなたに差し出すまでにとても時間がかかります。カバンの中に手を入れて、大切なその人に差し出せる一番きれいなものを！　と探しまわって、これでもないあれでもないと悩んで、そしてやっと指に当たった小さな石を取り出して、きっとこれだと直感でわかっても、贈りたいと思えても、それでも私はその石が本当に綺麗なのかいつまでも不安でいっぱいなんです。その石が、ちゃんと「愛」という名前なのか心配で、差し出そうとする前に何度も光に透かして見てみる。キラキラと光が中で虹のようになりそして瞬いて、私はそれが、あなたのくれた光によるもので、あなたの光が見せてくれる夢かもしれないとわかっていて、それでも、私の石の美しさだと信じることができた。あなたがくれた光による輝きだからこそ、そう信じることができた。自分が、あなたに差し出したいのは純粋な愛情で、それがとても澄んでいると、信じることができた。それは、あなたへ贈るための愛でもあるけれど、何よりもそう信じられた瞬間、私の愛は私にとって最大の宝物になる。あなたに贈るために探してきたものなのに、あなたがくれた輝きで、誰より私が、私の気持ちを信じて、そして愛することができる。

ずっと繰り返し石を眺めて、それが愛なのかわからなくなるたびに「違うのでは？」「いや、やっぱりそうだ」なんて言っている。愛情を無垢に差し出すことが、私があなたにできる一番純粋なことだと本気で思い込むのって、本当はすごく難しいことです。あなたがどう思うのかはわからないし、それを知ることが答えを得ることでもないと私は思うから。と、いうより、人を好きになることは、誰かに確認するまでもなく、本来とても美しいことです。それを私は、自信のなさとか、あなたが遠い人だからとか、そんなことで疑ってしまいたくない。あなたに迷惑をかけたくないからという理由で、自分の愛情を軽率に貶《けな》したくもない。私は私の愛情を美しく磨き、そうして人を愛することを当たり前に信じていたい。私は、あなたのことが好きで、そうしてだからこそ見ることができた美しい景色を愛していて、あなたの舞台を愛していて、「好き」と共に生きてきたその時間、あなたがくれた時間を、人生の宝物だと思っていたい。そうであるべきだって思う。迷いや戸惑いはあっても、私は自分の弱さで自分の愛情を軽視したくはないし、愛そのものを信じる心だけはずっと貫いていたい。それがあなたがくれた光への、私の答えだと思う。私はあなたがくれる美しい光に、自分の石を掲げることをやめてはいけない。いつまでも美しい光に照らされ瞬く、その石を見て、私は愛を美しいと知り続けるべき。その美しさに誇れる私でいるべきです。

あなたを好きでいる私の気持ちは、少しも恥じるものがない、美しいものだって私は思います。悩むことも戸惑うこともあるけれど、そしてそういう時の私はあんまり強くもないし凛々しくもないけれど、その真ん中にある確かな愛を握りしめて、あなたがくれた光にまっすぐに向かっていきたい。ただ開き直るのではなくて、そして鈍感になるのでもなくて、私は、むしろあなたがくれた繊細な夢の中でキラキラと光る私の愛情を、幻ではなく真実にするために、強くいる。その勇気を持つことにしたんです。そのしぶとさを貫くべきって思ったんです。

そうやって心を強く強くする間だけ、あなたに、私の心の一番綺麗で、ただあなたのことを思うだけのまっすぐな光の矢のような気持ちが伝えられる。そしてその時間のすべては、私の人生の美しい一瞬となっていく。
人を愛する幸せを私にくれて、ありがとう。

私はあなたのことが心から好きです。
ずっと応援しています。
あなたにとって舞台が、素晴らしい場所であり続けますように。

本書は連載「ブルー・スパンコール・ブルー」（二〇二二年七月～二四年五月　婦人公論・jp）に加筆、修正のうえ、「今思うこと」「迷惑かもしれない」「「あなたが好き」って怖くないですか？」を新たに書き下ろしたものです。

装画・挿画　北澤平祐
装幀　佐々木俊（ＡＹＯＮＤ）

最果タヒ

1986年生まれ。詩人・小説家。2004年よりインターネット上で詩作をはじめ、翌年「現代詩手帖」の新人作品欄に投稿をはじめる。06年に現代詩手帖賞、07年に第一詩集『グッドモーニング』で中原中也賞、15年に詩集『死んでしまう系のぼくらに』で現代詩花椿賞、24年に『恋と誤解された夕焼け』で萩原朔太郎賞を受賞。主な詩集に『空が分裂する』『夜空はいつでも最高密度の青色だ』（17年、石井裕也監督により映画化）『恋人たちはせーので光る』『夜景座生まれ』『さっきまでは薔薇だったぼく』『落雷はすべてキス』など。小説に『星か獣になる季節』『パパララレレルル』など。エッセイ集に『きみの言い訳は最高の芸術』『「好き」の因数分解』『恋できみが死なない理由』『無人島には水と漫画とアイスクリーム』など。その他の著作に、百人一首の現代語訳『千年後の百人一首』（共著・清川あさみ）や案内エッセイ『百人一首という感情』、対談集『ことばの恐竜』、翻訳『わたしの全てのわたしたち』（サラ・クロッサン／共訳・金原瑞人）、絵本『ここは』（絵・及川賢治〈100%ORANGE〉）『うつくしいってなに？』（絵・荒井良二）などがある。

ファンになる。きみへの愛《あい》にリボンをつける。

二〇二四年九月二五日　初版発行
二〇二四年一二月　五日　三版発行

著者　最果《さいはて》タヒ
発行者　安部順一
発行所　中央公論新社
〒一〇〇-八一五二
東京都千代田区大手町一-七-一
電話　販売　〇三-五二九九-一七三〇
　　　編集　〇三-五二九九-一七四〇
URL https://www.chuko.co.jp/

DTP　平面惑星
印刷　大日本印刷
製本　小泉製本

Published by CHUOKORON-SHINSHA, INC.
Printed in Japan　ISBN978-4-12-005826-4 C0095

定価はカバーに表示してあります。落丁本・乱丁本はお手数ですが小社販売部宛お送り下さい。送料小社負担にてお取り替えいたします。